講談社文庫

霊視刑事夕雨子《ゆうこ》 1

誰かがそこにいる

青柳碧人

講談社

目次

霊視刑事夕雨子《ゆうこ》 1

誰かがそこにいる

プロローグ

東京都府中市、朝日町――。緑に囲まれた広い敷地に、その白く立派な建物はそびえている。

「警視庁警察学校」と書かれた門の前で、大崎千羽子《おおさきちわこ》は孫の出てくるのをじっと待っていた。敷地内に入っても咎《とが》められることはないだろうけど、こうして門の外で待っているのが、祖母としてのあるべき姿だわ、と思っている。

肩が釣り糸にでも引っ掛けられたみたいに、空の上へと引っ張られる。気を確かに持っていないと、魚のように釣りあげられそう。もう少し、もう少しですからお願い……と念じていると、やがて、若者の集団が談笑しながら出てきた。

七割くらいは男性。でも、女性の姿も多い。みんな、明日からの新生活に、希望と緊張を抱いているような顔つきだ。解放感からか、門を出るなり大声を出し両手を突き上げる男性もいる。若いっていいわねえ、と千羽子は顔をほころばせた。

三人の女性の集団の中に千羽子は、孫娘の夕雨子《ゆうこ》を見つけた。しばらくその姿を眺めている。よちよち歩きをしていたあの子が、こんなに立派な姿になって……。

感傷的になっている場合じゃないと思いなおし、そっと近づいて、その背中を右手でなでた。

夕雨子は氷水でも浴びせられたかのようにぶるっとして、きょろきょろとあたりを見回すと、

「ねえ」

友人二人に声をかけた。

「ちょっと、用事があるから先に行ってて」

「え、用事？」

「ごめん」

不思議そうにしている友人たちを残し、夕雨子は逆のほうへ走り出した。千羽子もついていく。

「おっ、大崎夕雨子」

門から出てきた男性が一人、夕雨子を呼び止めた。警察学校では夕雨子と同じ教場にいた、がっちりした体格の男性だ。三田村剛君《みたむらつよし》。まるで高校生のように、授業中なんかよく、夕雨子のことを見ていたっけね。

「今、いそがしいから」

冷たく言うと、夕雨子は速足で去っていく。剛君は残念そうに、その姿を見送っている。

ようやく人目につかないところまで来ると夕雨子は立ち止まり、ストールを外した。――これで、彼女の目にも、千羽子の姿が見えるようになったはずだった。

「あんたねえ、夕雨子。剛君に対して、もっと優しい言い方があるでしょうよ」

「余計なお世話。気配がずっとないから、来てないかと思ったのに」

「孫娘のハレの日でしょうに。それより、配属先はどうなったんだい？」

夕雨子の顔に、憂鬱の色が差した。

「中野署の刑事課だって」

「おや、刑事課。殺人、強盗なんかが相手だねえ」

「私にできるか、自信ないよ」

「まあ、この子はまだそんなこと言って。ちゃんと交番勤務もやってのけたじゃないの」

「だけど……」

「大丈夫よ。あんたには、その力がある。他の人にはできないことが、きっとできるわ」

「私、刑事になってからも、ストールは首に巻くつもりよ。首にあざがあるんですって言ったら、交番勤務の時もしていいいって言われたから」

「いいかい、夕雨子」

千羽子は孫の顔の近くにぐっと寄った。

「あんたに警察官になるように勧めたのは、困っている人を助ける人間になってほしかったからなんだよ。それだから私は、あんたの入学試験も手伝ったんじゃないか」

「それは、そうだけど」

「困っている人っていうのは何も、生きている人に限ったことじゃない。警察官という立場なら、そういう、無念を残して死んだ人に会う機会も多いじゃないか。私はね、自分の力をそういう人たちのために使えなかったことを後悔しているんだよ」

「わかってるけど……」

夕雨子は下を向いた。

「それに、公佳《きみか》ちゃんのことも知りたいんだろう？　だったら、刑事課っていうのは望むところじゃないか」

「……うん。そうだね」

不安の影は拭い去れないものの、夕雨子は笑顔を見せた。

「ああよかった。これで私も心置きなく、浮かばれるわ」

「浮かばれる？」

意外そうな顔をする夕雨子。千羽子の心にも寂しさの波が押し寄せる。

「成仏、っていうことよ。今日、もう行くわね」

つとめて明るく、千羽子は言った。

「ずっと黙ってたけれど、ここのところ、ぐいぐい引っ張られるんだよ、上のほうに。あんたが警察学校を終えるまでは見届けないとと思って、『もうちょっと、もうちょっとお願いします』って心に念じて、なんとかここにいさせてもらっているんだけれど、いいかげん、向こう様に申し訳なくてね」

「そんな。やだよ」

「もとより私はこっちの世界に未練も恨みもないしね。あるとしたら、あんたが立派な大人になるのを見届けることだけだったんだ」

「立派って。私、まだ……」

「もう大人なんだからね。おや、ほらもう時間がきたようだよ」

「待ってよ」

夕雨子の目は赤くなっていた。子どもの頃の泣き虫なこの子を思い出す。

「泣くんじゃないよ。人はいつかこうして別れなきゃならない」

「待ってってば。急すぎる」

「私たちは幸せなんだよ、夕雨子。あんたにその力があったから、私は死んでからもしばらく、こうして一緒にすごせたんだ。実際、死んでからのほうが楽しかったくらいだよ」

千羽子の体を、淡く黄色い光が包んでいく。

まるで自分の体が、その光と同じ色の粒子に分解されていくような、心地よく、幸せで、ほんのり寂しい感覚に、千羽子は見舞われた。

「おばあちゃん……！」

「ありがとう、夕雨子。さようなら――」

愛しい孫娘の顔も、色褪せたストールも遠くなり――千羽子の存在はすっかり、この世から消えた。

第一話　疑わしきはエステティシャン

1

雨はまた、強くなってきたようだった。

頭上の岩から水滴が垂れ、合羽《かっぱ》のフードに当たる。目の前の、大きな葉っぱが、雨だれに打ち付けられて上下に揺れている。「何度もうなずいているみたい」と公佳ちゃんは気分を奮い立たせるように笑っていたけれど、今はもう、その元気もないようだった。

百円ショップで買ったピンク色のデジタル時計に目をやる。17：07。みんなとはぐれて、もう四時間以上経つだろうか。肩越しに、公佳ちゃんの震えが伝わってくる。夏なので、雨が降っていてもそんなに寒くはない。

「公佳ちゃん、大丈夫？」

「うん」

力なくうなずく。膝を抱えている右手の人差し指に巻かれた、包帯代わりのティッシュペーパー。血はにじんでいるけれど、もう止まったようだった。

「チョコ、食べる？」

リュックサックのポケットを探る。パッケージの中にもう、チョコは残っていなかった。お腹はすいていないけれど、心細さは増していく。このまま、誰も来てくれなかったら……。雨が上がったって、暗い山道を小学生の女子が二人で歩いてはいけないだろう。道もぬかるんでいるだろうし、落ちたら危ない箇所がいくつもあると引率の大人は言っていた。

「私は大丈夫。夕雨子ちゃんこそ、喉、かわいてない？」

水筒を差し出してくれる公佳ちゃん。夕雨子は受け取って一口飲んだ。勇気づけようとしたのに、夕雨子のほうが勇気づけられてしまった。

なんだか、眠くなってきた。

「夕雨子ちゃん？」

だめだ。ここで眠ってしまったら、もう公佳ちゃんに会えなくなってしまう。それはわかっているのに――。

「夕雨子ちゃん？」

雨だれの音は遠のいていき、なぜか鼻先に、蒸した小豆の香りが漂ってくる。
これは――、巣鴨《すがも》の私の家の――。

＊

天井には、見慣れたシミと、蛍光灯。蒸された小豆の香りが充満している。

また、あの夢を見てしまった。夕雨子はベッドから降り、箪笥《たんす》の一番上の引き出しを開ける。ハンカチとともに、ビニールパックに入れられたチョコレートのパッケージがある。中には、どす黒くシミのついたティッシュペーパー。他人が見たら、ただのゴミだけど、夕雨子にはどうしても捨てられないものだった。

公佳ちゃん、どうしていなくなってしまったの？　目をつむって問いかけても、返事はない。

引き出しを閉じ、壁の時計に目をやる。六時三十分。今日も、一日の始まりだ。

着替えをすませ、枕元に畳んであるストールを手に取った。高校生の時、祖母の千羽子から贈られたストール。外へ出るときの、夕雨子の必需品だ。

洗面所で化粧をすませ、居間へ行くと、すでに、白い仕事着の父と兄が朝食を取っていた。

「おはよう」

挨拶をして自分の場所に正座し、箸を取る。

ガラス戸の向こうでは母が黙々とあんこを練っており、奥のせいろからは、もうもうと蒸気が上がっている。和菓子屋の娘として生まれた夕雨子には、子どもの頃から見慣れた光景だ。兄の清太《せいた》が、夕雨子の姿を見て、ふっと笑った。

「お前、そのストール、ずいぶん色褪《あ》せてきたな。新しいの買ったほうがいいんじゃないのか？」

「そもそも仕事にそんなのをしていって怒られないのか？」

父も疑問をぶつけてくる。

「いいの。私には絶対に必要なものなの」

この二人には永遠にわからない事情だ。夕雨子は茶碗のごはんを半分むりやりかきこむと、「ごちそうさま」と立ち上がり、コートを羽織った。

「行ってきます」

靴を履き、店舗から表へと出る。

「夕雨子、夕雨子ってば」

母親が背後から呼び止めた。

「あんたまた、朝ごはん、半分しか食べてないじゃないの」

「急いでるから」

「そんなに急がなくてもいいでしょう。ほら、持ってきなさい」

近づいてきて、夕雨子の手に最中を二つ、握らせる。

「いいって」

「あんた子どもの頃から、これで育ってきたでしょうに。ほら」

たしかに、こうやって毎日、売れ残りを処理させられてきた。しかたなく、バッグに最中を放り込む。

「行ってきます」

東京都豊島区、巣鴨。地蔵通り商店街は、「おばあちゃんの原宿」の異名を持つこの街のメインストリート。おはよう、と声をかけてくるご老人たちはだいたい、子どもの頃からの知り合いだ。挨拶を返しつつ商店街を抜けて白山通りへ出る。横断歩道を渡ると、そこはもうJR巣鴨駅だ。

山手線と地下鉄丸ノ内線を乗り継ぎ、新中野駅へ。徒歩一分ほどで、夕雨子の職場へ着く。

――警視庁・中野警察署。

「おはようございます」

入り口の前で立哨中の顔見知りに頭を下げ、建物の中に入る。夕雨子の所属する部署は三階だった。荷物をロッカーに置き、机につく。

「おっ、おはよう」

曲がった棒で肩甲骨のツボを押しながら、隣の机の男性が振り返った。頭髪も薄くなった五十代後半の彼は、杉山信一郎《すぎやましんいちろう》、通称シンさん。刑事畑一筋三十年のベテランだ。捜査のとき、夕雨子はシンさんと行動を共にすることが多い。若い女性である夕雨子には、ベテランの男性刑事をつけたほうがいいだろうという課長の判断だった。

「おはようございます」

「大崎。新入りの話、聞いたか?」

「新入り?」

「本庁からだそうだ」

その言葉はいつでも、夕雨子の気分をぴりっとさせる。本庁——つまり、桜田門にある警視庁のことだ。

東京都内を管轄する警視庁は、全国の都道府県警の中で最も大きな規模の組織である。所轄署から本庁に取り立てられる刑事もいれば、逆に本庁から所轄署に異動になる刑事もいる。ただ、夕雨子が配属になってから、中野署刑事課に本庁から配属された人間はいなかった。

もちろん夕雨子だって、本庁勤務の警察官を見たことはある。管内で重大な刑事事件が起こったときは、この建物内に捜査本部が立ち、本庁から大勢の捜査員がやってくるからだ。その誰もがエリート意識を身にまとい、夕雨子のような所轄の下っ端刑事になど目もくれず、話しかけてすらくれない。はっきり言って夕雨子は、本庁の刑事たちが苦手だった。

「異動ということですか？　そんな時期でもないのに」

「さあ、どうだろうな」

「なんだかよからぬ事情があるみたいですよ」

前の机から、鎌形隆《かまがたたかし》が話しかけてくる。夕雨子より五年先輩の刑事だが、丸メガネをかけてやせたその姿はどう見ても刑事には見えない。いつもカリカリと事件報告書類を書いている印象だ。

「何ですか、よからぬ事情って」

「昨年、本庁が熱を上げて当たっていた、港区のアマチュアバンドマン連続殺人事件、あるでしょう？　あの事件の捜査中に……」

「おい、あんまり無駄口を叩くなよ」

鎌形の横から、早坂守《はやさかまもる》が口をはさんだ。鎌形と同期と聞いているが、ライバル心でもあるのか、とにかく鎌形につっかかるのだった。鎌形は「うん」と返事をし、背筋を丸める。

ちっと舌打ちをする早坂。背が低く、伸ばすと天然パーマが目立ちそうな坊主頭で、どんぐりのような目の半分はいつもまぶたに覆われており、常に他人の品定めをしているような表情である。

その早坂の頭が、ぱしん、と、捜査資料用のファイルで叩かれた。

「無駄口を叩いているのは、どっちだ」

早坂の後ろに、黒いスーツ姿の棚田《たなだ》健吾《けんご》が立っていた。

「す、すみません」

早坂が謝ると、棚田は自分の席へと戻っていった。

彼は早坂の相棒で、夕雨子より十歳ほど年上。いずれは本庁に勤めたいと考えているそうで、態度だけはすでにエリート然としている。この刑事課に勤め始めたとき、一度、わからないことがあって相談をしたのだが、アマゾンの蛇のような目でちらりと夕雨子を見て、「自分で考えろ」と聞こえないくらいの声で返しただけだった。夕雨子を見下しているというより、女性全般を見下しているようにも思えた。以来、距離を置いている相手だ。

「みんな、ちょっといいか」

廊下への出入り口から、藤堂《とうどう》課長が入ってくる。

その背後に、一人の女性がついてきていた。

トレンチコートに身を包んだ、目つきのするどい女性だ。肩まで伸ばした髪。パンツスーツとブラウス。何よりその、背筋の伸びた歩き方から、本庁に勤め上げてきた空気が感じられた。三十人ほどいる室内も一気に静まり返った。

「本日付けでわが中野署の刑事課に配属になった、野島友梨香《のじまゆりか》くんだ。ここへ来る前は本庁の捜査一課にいた」

周囲の刑事たちがざわめく。夕雨子同様、聞かされていない人もいたようだった。女刑事は新しい同僚たちを睨みつけるような目で見回し、

「野島です」

とだけ自己紹介した。他を寄せ付けない雰囲気。気は強そうだし、常に相手を疑っているような目つきだ。どうしてこうも警察というのは、とっつきにくそうな人ばかりがいるのだろうと、夕雨子は肩をすくめたくなる。

「それじゃあ、皆、仕事に戻ってくれ」

一同は再び、それぞれの仕事に戻る。夕雨子も昨日途中のままにしておいた書類を仕上げてしまおうとしたが、

「大崎くん」

課長に手招きをされた。

「それからシンさんも、ちょっと」

なぜ私が……と疑問を抱えつつ、シンさんとともに課長のもとへ向かう。

野島を合わせた四人はそのまま、刑事課室とつながっている応接室へ入った。

「突然だが大崎くん、君は野島くんと組んでもらうことになった」

課長は、何の前置きもなく言った。

「はい？」

肩からはらりとストールの端が落ち、慌てて直した。どうして私が、と訊き返す前に、

「実はな、大崎」シンさんが言いにくそうに口を開いた。「これは、俺から課長に頼んだことなんだ。俺がずいぶん前から腰痛を抱えていることは知ってるな。ここのところ、こいつが無視できないくらいになっちまってな」

腰のあたりをぽんぽんと叩く。藤堂課長はいたわるような目つきをシンさんに向けた。

「シンさんには今後、署内の仕事を中心にしてもらうことになった」

「まあ、俺も後進に道を譲る覚悟ができたってとこだ」

少し寂しそうにシンさんは笑った。そういうことなら、歩き回る仕事をさせるわけにはいかない。

「わかりました。今まで、ありがとうございました」

「よせよ、今生《こんじょう》の別れってわけじゃあるまいし。これからも毎日顔を突き合わせてやるよ」

夕雨子は野島のほうに顔を向けた。向こうから何か話しかけてくれるのを待ったが、その期待は無下にされたようだった。

「お、大崎夕雨子です。よろしくお願いします」

野島はやはりツンとした表情のまま、夕雨子を眺めている。……見下されている。きっと、二十四歳にしては幼く見える顔が理由だろうと夕雨子は察した。

童顔は、高校時代からのコンプレックスだ。地元・巣鴨の地蔵通り商店街を歩けばいまだに「ユウコちゃん」と子どものように呼ばれ、お菓子を差し出してくるおばあちゃんもいる（実家が和菓子屋だと知りながら！）し、事件現場でも「あんた、本当に警察官？」と疑われるのも月に二、三回ではすまない。首のストールも「警察官らしくなさ」を助長しているとの自覚はあるけれど、これを外すわけにはいかない。

「それじゃあ、どうしますか」

応接室を出て、すぐに、夕雨子は野島に訊ねた。

「とりあえず、署内を案内しましょうか」

「いい」

野島は言った。

「それより、管内のパトロールに行くわ」

「パトロー……いや、でも」

「管内の地理をいち早く頭に叩き込んでおかなきゃ。大崎巡査、車の運転はできるんでしょう？」

あなたは従うしかないのよ。そういう目つきだった。

2

「ぼんやりした街ね」

大通りの赤信号で止まったとき、助手席から野島が声をかけてきた。彼女の視線の先には、カートを押してゆっくり歩く老婆の姿があった。たしかに、のどかな光景だ。

「新宿の近くにあるとは思えない」

「それでも、けっこう事件は起こりますよ。先週は、この先の民家で窃盗事件がありました。詐欺集団のアジトが管内で見つかったことだって何度か」

「コロシは？」

「殺人事件は……あんまり。変死は多いですけど、ほとんどは老人の孤独死です。そういうのも、私たちが立ち会わないといけないから」

「ふーん……」

興味がなさそうだ。最近まで本庁の捜査一課にいた彼女にしてみれば、所轄署の刑事課の、自分みたいな頼りなさそうな刑事の担当する事件など、アンパンの上のケシの実ほどの小さな事案としか見ていないのだろう、と夕雨子は思った。こういう人ならもっと意識の高い棚田のような刑事と組ませればいいのに、藤堂課長もシンさんも何を考えているのかわからない。

信号が青に変わった。

「ねえ、そのストール」

車が動き出すとともに、野島は再び口を開いた。やっぱり、訊かれたか。

「あちこちの署で女の刑事にはたくさん会ったけど、そんなものをつけている人なんていないわ」

「そう、でしょうね」

「外しなさい」

「いや、ちょっと、外せない事情があるんです」

夕雨子はいつもの嘘を口にすることにした。

「首に、大きなあざがあって。見られたくないんです」

「刑事がそんなことを気にしてどうすんのよ」

「たとえば、変装して張り込みするときに、犯人が私のこのあざを覚えていたら、刑事だとばれるかもしれないじゃないですか」

つきなれた嘘なので、口からするすると出てくる。

「ふーん」野島は頭の後ろに手をやる。

「ご両親はご存命？」

突然の質問に、夕雨子はまた、戸惑った。

「元気ですけど、それがどうかしたんですか」

「そのストール、亡くなったおばあちゃんからの贈り物かな」

どきりとした。急ブレーキを踏みそうになったくらいだった。

「な、なんで……」

「色味もずいぶん褪せてるし、端っこの糸もだいぶ千切れてきてる。七、八年は使ってるものでしょ。あなたの年齢から言って、その当時は高校生。だけど、女子高生が選ぶにはちょっとセンスが、ねえ」

たしかにこのストールは制服には合わず、友人たちにもだいぶ馬鹿にされた。

「もし今でもおばあちゃんがご存命なら、新しいものをプレゼントしてくれるはずでしょう」

すごい、と素直に感じた。これが本庁捜査一課で鍛えた観察眼だとでもいうのだろうか。と思っていたら、

「なんてね」

野島は、つまらなそうに笑った。

「藤堂課長に聞いたのよ。どういうわけかおばあちゃんの形見のストールを首に巻いているんだってね」

想定はしていたけれど、やっぱり、苦手な相手だ。所轄署のたたき上げでやってきたシンさんは、時には厳しいことを言うけれど、他の男の先輩がするように夕雨子のことを軽く見るような態度はなかった。この野島という人はどうも夕雨子を子ども扱いしている感じがある。やっぱりこれが、本庁の刑事の持つ空気というものだろう。

ここまで考えて、夕雨子は気になっていたことを思い出した。一方的に言われるのはしゃくに障るという気持ちも背中を押した。

「野島さんは、どうして本庁から中野署にいらしたんですか」

野島は何も答えない。だがその沈黙に、緊張感を感じた。

「まさか、自分から異動願いを出したわけでも――」

「追いかけてっ！」

突然の大声に驚き、夕雨子はクラクションに手をやってしまった。心臓を震えさせ

るような音があたりに響いた。

「何やってんの、ほら、あの自転車の男よ！」

道路脇の歩道に一人の老婆が尻もちをついていて、その数メートル前方を、自転車が遠ざかろうとしているところだった。ロードレース用のスタイリッシュな自転車にもかかわらず、乗っている男は黒のジャンパーにスウェットパンツ、フルフェイスのヘルメットという格好だ。男の左手には、女性ものの茶色いバッグがある。ロードバイクによるひったくり。管内で最近多発している事件だった。

夕雨子はアクセルを踏んだ。野島は窓を開ける。

「そこのひったくり自転車、止まれっ！」

男の背中が一瞬びくりとしたが、ロードバイクは止まる気配を見せず、スピードを上げる。

「追い越して！」

言われるままにスピードを上げる。と、野島はハンドルに手を伸ばしてきて、強引に左に切った。

「わっ、やめてください！」

夕雨子がブレーキを踏みこむと同時に、車体は歩道に乗り上げ、ものすごい衝撃とともに停止した。行く手を阻まれたロードバイクが野島側の後部ドアに激突したのだ。

「あっ、逃げる。来なさい！」

ドアを開けて飛び出す野島。夕雨子もシートベルトを外し、外へ出た。ひったくりはバッグを抱えたまま、歩道を走っていく。夕雨子は野島の背中を追いかけた。男は、すぐそばの商店街に逃げ込んだ。

平日の昼間とはいえ、人は多い。慣れているのか、男は人波をすいすいと避けて走っていく。野島はさっそく別の男性にぶつかり、「いってえなあ、馬鹿野郎！」と罵声を浴びせられた。無視して追いかける野島に代わり、夕雨子は謝りつつ、後を追った。

薬局の前に商品の段ボール箱が積まれている。邪魔だと判断したのか、その直前で男は左に方向転換をし、路地に入った。夕雨子の先を行く野島は、すぐに男を追って路地に入る。

この路地はたしか向こうには抜けられず、店をぐるりと回って別の路地からこちらへ出てくるしかないはず……と、夕雨子は思い出し、足を止めた。店の前には、段ボール箱の他、特売品のトイレットペーパーが積まれたワゴンがあった。メガネをかけた、五十歳くらいの薬剤師ふうの女性が男と野島の消えた路地のほうを見ている。

「あの……」

「いったい、何なの?」

「す、すみません。こう見えて、警察なんです」

夕雨子が見せた警察手帳に、薬剤師の顔色が変わる。

「ぶしつけですが、このワゴンをお借りできますか?」

「え、ええ」

夕雨子はトイレットペーパーが積まれたままのワゴンを押し、薬局の隣のハンコ屋の前を通り過ぎ、さらに隣の布団屋の前に移動させる。布団屋の向こうは瀬戸物屋になっており、店先には急須や湯飲み茶碗が並べられた台がある。二つの店舗のあいだはやはり、幅一メートルほどの路地になっていて、建物の陰から顔だけを覗かせて見ると、案の定、ロードバイクに乗っていた男がこちらに向かって走ってくるところだった。さっと顔を引っ込め、ワゴンのそばに戻り、カウントを取る。

いち、にの、さん!

男が出てきたタイミングでワゴンを押す。男は見事にワゴンに激突し、トイレットペーパーが宙に散った。バッグを放り出して倒れこむ男の上に、路地から飛び出してきたトレンチコートの野島が覆いかぶさった。

「引ったくりの現行犯で、逮捕する!」

暴れる男を野島は器用に押さえ込む。いつのまにか、野次馬に囲まれている。

「無駄な抵抗はやめなさい！」

野島の怒号に、男はようやく観念した。

＊

一時間後、夕雨子は野島友梨香と肩を並べ、刑事課の応接室にいた。目の前には藤堂課長の鬼瓦のような顔がある。

「ひったくり犯を捕まえたこと自体はよくやった」と言ってから、藤堂課長は目を吊り上げた。

「しかし、市民の安全を意識したやり方とはとてもいえないな」

警察車両を無理やり歩道に乗り上げ、ロードバイクを衝突させたことを言っているのだった。実際、あの現場を目撃した市民たちは、「車のほうが暴走して自転車の男性にけがをさせた」と口をそろえて証言したそうだ。

さらに悪いことに、瀬戸物屋から、署のほうに直々にクレームの電話があった。ひったくり犯が蹴り倒したワゴンが、店の前の台に当たり、かなりの商品が落下して割れてしまったのだった。総額は数万円にのぼるという。

「瀬戸物屋のご主人、かんかんだったぞ」

怒りを通り越して呆れてしまう、というような口調で藤堂課長は告げた。

「いいか、今日はもう外には出るな。明日からも、何か特別なことがない限り、車でのパトロールは禁止だ」

課長はそこまで言うと、野島だけをデスクに戻し、夕雨子には残るように言った。

「聞いたかもしれないがな」

仏頂面の野島が部屋を出て行くなり、藤堂課長はしかめ面で夕雨子に告げた。

「彼女は本庁ではいわゆる、問題児だったそうだ」

「聞きました。港区のバンドマンの殺人事件で、何かしたとか……」

「それは、君には関係のないことだ」

藤堂課長は威圧的に言うと、声を潜めた。

「本庁からは、くれぐれも野島を派手な事件に関わらせるなと言われている。それで、大崎くんと組ませることにしたんだ」

ようやく話がわかってきた。

刑事課といっても仕事は様々だ。強盗や傷害といった物騒な事件ももちろんあるけれど、夕雨子はそういう事件には深く関わったことはなく、せいぜい車の運転くらいのものだった。夕雨子が普段担当するのは、万引き、小競り合い、それにさっき夕雨子自身が野島に話した孤独死の案件。現場を見て、遺体の身元を特定し、事件性の有無を判断するというような仕事だ。もっともこれもほとんどシンさんが主導で行い、事件性ありと判断されたことは一度もない。

要するに、夕雨子は刑事課に所属しながら、課長の言う「派手な事件」とは縁遠い存在なのだ。野島友梨香を事件から遠ざけておくにはぴったりのポジションというわけだった。

「いいか。管内での派手な事件に、彼女は積極的に首を突っ込もうとするかもしれない。君は彼女を、君が担当する案件に引っ張りこみ、目をそらさせる役目を担っているんだ」

「そんなこと言っても、あんな強引な人、抑えられそうにありません」

「抑えることはない。『私一人じゃ不安なので、一緒にやってくれませんか』と頼むんだ。年少の女性から頼まれたら、彼女もいやとは言えないだろう」

頼りなく、取るに足らない部下だと思われているのはいい。ただ、そんな自分に彼女をコントロールできる力があるとはやっぱり思えない。こぼれたら爆発する液体がひたひたに注がれたビーカーを、「はいこれね」と突然押し付けられたようだ。

しかし、下っ端の夕雨子が、これ以上口答えできるはずもなかった。

3

山手線は恵比寿駅に停まり、通勤帰りの乗客たちをホームへ吐き出す。仕事が終わって友人との遊びに浮かれる者、家族の待つ家に帰る者、夜の仕事に出ていく者……、それぞれの生活がパレットの上の絵の具のように混じり合うその人波の中に、夕雨子もいた。

改札を出て、バッグの中からハガキを取り出す。道順を確認し、明治通り方面へ向かった。

七、八分歩いて、目的のビルにたどり着いた。一階はドッグカフェになっており、きゃんきゃんという可愛い犬の声が漏れ聞こえてくる。腕時計を確認すると、午後六時三十分を少しすぎたくらいだった。予約は七時なので、少し早い。

きゃんきゃんと、誘うように犬の鳴き声が聞こえる。ドッグカフェというと普通、飼い犬同伴で入れるカフェのことを言うけれど、このカフェは、いわゆる「猫カフェ」のように、店内で飼育されている子犬と戯れながらお茶を飲むのを楽しむ店のようだった。

夕雨子はドアを開けて、中へ入った。

「すみません、夜七時閉店でして、ラストオーダーが六時半となっています」

エプロン姿の女性店員が申し訳なさそうに言う。

「そうですか」と出ていこうとすると、

「ああ、いいよいいよ。少し過ぎたくらいだから」

奥から、もじゃもじゃした髭の、柔和な雰囲気の男性が出てきた。エプロンには「オーナー／藤田《ふじた》洋治《ようじ》」と書かれた名札がピンで留めてあった。

「それじゃあ、コートとお荷物、お預かりします。毛がついてしまうといけないので」

女性店員に、コートと荷物を預ける。

「そちらのストールも」

「あ、いいです、このままで」

夕雨子は断り、靴を脱いで客のいない店内へ入った。二人掛けのテーブルが三つだけの小さい店だ。緑色の絨毯の上に、犬用のおもちゃが散乱しており、ロングコートチワワやミニチュアプードルなどが六匹いた。そのかわいらしい姿に、夕雨子の顔はほころんだ。

「チラシ見て、来てくれたの？」

足元にじゃれつく子犬と遊んでいると、注文したコーヒーを、オーナーが自ら運んできてくれた。

「いえ、上のエステを七時に予約していて」

「ああ、そう。時間つぶしね」

「ドッグカフェって、入ったことがなくて」

「最近は増えてきたけど、まだ少ないよね。猫と違って吠えるから。でも、世の中には猫派より犬派のほうが多いよ。僕も前は犬のブリーダーをやってたんだけど、都会人を犬で癒したいという思いでこの店を開いたんだ」

にこにこ笑うその顔から、本当に犬が好きなのだという気持ちが伝わってくる。

「上のエステの子もよく来てくれるよ」

「そうですか。片山奈々子《かたやまななこ》ってご存知ですか」

「もちろん。うちの常連客」

「高校の同級生なんですよ。そういえば、昔から、犬が好きだって言っていました」

「今のマンション、犬が飼えないんだってね。それで、よく来てくれるんだよ。あ、でも」

と、藤田は眉をひそめ、声を低くした。

「最近は、あんまり行くなってエステのオーナーさんに言われているらしい」

「なんでです？」

「お客さんに犬アレルギーの人がいるかもしれないから。施術中に迷惑をかけたらいけないだろう、って」

「考えすぎですよ」

「だよねえ。そもそも犬アレルギーの人間が、ドッグカフェの上にあるエステに行くわけないもの」

藤田はそう言ってカラカラ笑うと、

「上のオーナー、たしか河合《かわい》さんとかいったけれど、見た目もキツい感じの人でね。気を付けたほうがいいよ」

とつづけた。

夕雨子は、《Tre-Tre》のスマホサイトで見たオーナーの顔写真を思い出す。どこかの医大の薬学部を卒業したというプロフィールを見て頭のよさそうな人だと漠然と思っていたけれど、たしかに、目つきの鋭い、性格のきつそうな顔をしていたかもしれない。

その後も犬と遊びつつ、他愛もない話をしていたら、時間はあっという間に過ぎていき、いつのまにか七時ちょうどになっていた。

「大変、行かなきゃ」

荷物とコートを受け取り、お金を払うと、

「もしよかったら、これ」

藤田がレジの脇に置いてあった名刺を一枚とって、差し出してきた。店の地図と、藤田の笑顔の顔写真がある。

「またきてね」という藤田の声を背中に、外へ出た。急いで階段を上り、《Tre-Tre》と書かれたガラス戸を押し開く。

「いらっしゃいませ」

受付にいたのは、髪の長いスリムな女性——スマホサイトで見た、オーナーの河合だった。予約している旨を告げると、彼女の態度は変わった。

「ご予約の時間を二分ほど過ぎています。次回からは遅れないようになさってください」

まるで入試の試験官のような言い方に、夕雨子の気分は害された。野島のことを思い出してしまう。

だが、その嫌な気分も、施術室に現れた彼女の顔を見るなり吹き飛んだ。

「待ってたわよ」

カーテンを開けて入ってきた奈々子は、茶色のユニフォームに身を包んでいた。

「ごめんごめん、下のドッグカフェでぼんやりしちゃった」

「藤田さんのところね。いいおじさんよね。私、通いすぎて、ぬいぐるみもらっちゃったんだ」

右目の下にほくろが二つ並んだ、チャーミングな顔。この笑顔を見ると、高校時代を思い出す。

「じゃ、さっそくなんだけど、これ、書いてもらえる？」

ボールペンとクリップボードを手渡される。挟まっている紙には、「施術前カウンセリングシート」と書いてあった。

ボールペンを動かしつつ、夕雨子は奈々子とのことを思い返していた。

高校を卒業後、別々の大学に進学してからもしばらく連絡を取り合っていた仲だけれど、大学二年目の秋、奈々子は突然大学をやめたと告げたのだ。

「もう少し自分を見つめてみる」

そういう奈々子に「頑張って」とだけしか夕雨子は声をかけてあげられず、それ以来疎遠になっていた。

エステサロン《Tre-Tre》からハガキが来たのは、夕雨子が警察学校を終えたのとほぼ同時期のことだった。「いろいろあって、エステティシャンになりました。暇になったら来てね」と奈々子の懐かしい文字で書かれていた。ハガキには期限なしの20％オフのチケットもついていた。

夕雨子はすぐに奈々子に電話をかけ、四年ぶりに話をした。大学を中退後、しばらくフリーターをしたあとでエステの専門学校に通い、最近やっと、エステティシャンとして勤めはじめたということだった。そのうち行くね——と夕雨子は約束しておきながら、もう数ヵ月経ってしまっていたのだ。

「だいぶ疲れてるみたいね」

夕雨子が記入した施術前カウンセリングシートを見ながら、奈々子は言った。

「やっぱり、大変なんでしょ、警察の仕事って」

「そんなこと、ないけど……」

「男社会って感じだもんね。ストレスも多そう」

ストレスの原因はむしろ、今日、上司になったばかりの気の合わなそうな女性刑事で、今日は癒されようと……というようなことは言えなかった。

「じゃあ、服を脱いで、そこにうつぶせになってほしいんだけど……それもね」

奈々子は自分の首のあたりを指さした。そのジェスチャーの意味は、いやでもわかる。

「やっぱり、ダメ？」

「うん。っていうか、まだそのストールしてるんだ」

夕雨子はぐるりとその狭いスペースを見回し、最後に天井に目をやった。新しいビルの、新しいエステサロン。ここは、大丈夫のはずだ。半ば強引に自分に言い聞かせ、ストールを首から外す。服を脱ぎ、ベッドに開けられた穴に顔をつけるようにして、うつぶせになった。

「それじゃあ、始めさせていただきます」

背中に、アロマオイルの冷たさを感じた。奈々子が、滑らかな手つきでそれをのばしていく。肩から背中にかけて、心地よいマッサージが始まった。

「いい香りでしょ。オーナーの河合さんは、薬学部での経験を生かして、オリジナルのアロマを調合しているの。リラックス効果抜群だって雑誌にも紹介されてる」

いい気持ち。夕雨子は目を閉じた。

仕事を忘れてリラックスするという時間が、最近なかったような気がする。この一時間は、ストレスも忘れて頭の中を空っぽにしよう。耳にも心にも優しい音楽が、無言の空間を満たしていく。アロマに包まれながら、夕雨子の意識は遠くなっていった。

それは、突然やってきた。

背中から頭にかけて、剣を突き刺されたような寒気に襲われた。びくりと体が跳ね上がり、顔を上げる。

「大丈夫？　痛かった？」

奈々子が慌てた様子で訊いた。

「大丈夫だよ」

本当は大丈夫じゃなかった。もう、すぐ近くまで来ているに違いない。とにかく奈々子を怖がらせてはいけないと、顔をベッドの穴に戻す。

「ねえ夕雨子。すごい鳥肌だよ。暖房が弱いのかな。待っててね」

奈々子がベッドを離れていったそのとき、ついに、それは現れた。ベッドの下、床との間に、青白い顔の男が滑り込んできた。穴の向こうから、じっと夕雨子の顔を見上げている。目をそらしてはだめだ。向こうに気付かれる。

年齢は、二十代半ばといったところだった。口から血が出ており、二つほどボタンの外されたワイシャツの襟にも血痕が付いている。恨みの念も感じるし、明らかに自然死や病死の類ではない。血の量からして、おそらくは服毒死だろう。

「ほんとに、すっごい鳥肌。風邪、ひいてるわけじゃないよね」

「――俺のことが、見えているのか」

奈々子の声にかぶせるように、男は口を開いた。洞穴の奥から聞こえてくるようなそのおぞましい声に、夕雨子は目をつぶってしまった。

「――見えてるんだな」

「ねえ、夕雨子、本当に大丈夫？　中止してもいいけど」

「――聞いてくれ」

すでに夕雨子の聴覚は、奈々子の声を捉えられないほど、青白い男に支配されていた。そして、男は告げた。

「――俺は、この女、片山奈々子に殺されたんだ」

4

中央にタコの形をした大きな滑り台がある公園だった。昼間は子どもたちでにぎわうのかもしれないけれど、もちろん午後八時をすぎた現在は子どもの姿はない。コンビニ袋を提げた勤め帰りのサラリーマンや、三人連れの酔っぱらいが通り過ぎていくだけだった。

夕雨子はその男と隣り合わせでベンチに腰かけている。傍から見れば、一人で考え事でもしているように見えるはずだった。

「――俺は、北野《きたの》春樹《はるき》。奈々子と付き合っていた」

男は、口を開いた。夕雨子はちらりと彼のほうを向き、無言で先を促した。

「――奈々子と出会ったのは三年前。同僚に誘われて行った飲み屋で働いていたんだ。俺のほうから声をかけ、外で会うようになり、付き合うことになった」

三年前といえば、夕雨子はまだ大学生だった頃だ。奈々子はすでに大学をやめ、エステの修業をしていたはずだった。

「――当時あいつは、金に困っていた」

「お金に？」

夕雨子は思わず訊き返した。

「――父親が難病にかかって闘病生活をしていて、その治療費のために貯金をほとんど使ってしまったらしい。俺と付き合う直前に父親は亡くなったが、奈々子は自立しなければならなくなった。当時からエステティシャンになるという夢があったが、居酒屋のアルバイトじゃ、生活していくのだけでせいいっぱいで、専門学校に通うための貯金なんかなかなかできないって嘆いていた」

全然知らない、奈々子の過去だった。

「――俺は奈々子に金を貸してやったんだ」

「そうだったんですか」

「――ああ。エステティシャンになったら一番に施術してあげる。そう言って喜んでいたっけ。奈々子は俺から借りた金で学校に通い、半年前にエステティシャンになったが」

北野は顔を曇らせた。

「――ちょうど奈々子があのエステサロンで働き始めた頃から、関係がぎくしゃくしはじめたんだ。俺の会社のトラブルが原因だった」

　製薬会社の営業をしていた、と、北野は言った。その頃、会社の扱っている薬品の表示に一部誤りがあることがとある取引先の指摘でわかり、社内調査の結果、ラベルを作った部署の手違いであることが判明した。不正表示なのではないかと業界内でよからぬ噂が立ち、彼は取引先にその誤解を解いて回る役目を任されたそうだ。

「——取引先を頭を下げて回り、社に帰るのが夜の八時過ぎ。そこから通常業務をして、帰宅は毎日夜の十二時をすぎていた。それでも通常業務は手いっぱいで休日も潰されることになり、奈々子には会えない日が続いた。……いや、奈々子は気を使って俺のマンションにも来てくれていたが、疲れていた俺は彼女のことを無視し続けたんだ」

　北野はため息をついた。

「——そしてある日、決定的な出来事が起こった。俺が坂田《さかた》しのぶと食事をしているところを、奈々子が目撃したらしい」

「坂田しのぶというのは？」

「——会社の後輩だ。不正表示疑惑の誤解を解くのに得意先を一緒に回っていただけで、彼女とは何もやましいことはなかった。食事だって、彼女を労うために誘っただけなんだ。だが、奈々子は聞いてくれなかった」

喧嘩になり、激高した北野は奈々子を部屋から追い出した。

「――台所には、彼女が作ってくれた肉じゃがとコロッケが残されていたよ。俺が忙しくしている間、奈々子は毎日俺の部屋に来て食事を作り、家事をしてくれたんだ。それなのに、俺は……。結局、施術をしてもらうという約束もふいになっちまった」

「よりを戻そうとしなかったんですか？」

「――したさ。でもその日を境に電話はつながらなくなった。アパートを訪ねても返事もしてくれない。しかたなく俺は、勤め先のあのエステサロンに直接足を運んだ。つき合っていたときによく一緒に飲んだドリンク剤を持っていった。でも、奈々子の対応は冷たかった。汚いものを見るような目で俺を見て、『これ以上付きまとったら警察を呼ぶ』とまで言われた。……はは、情けない話だ。本当は奈々子の気持ちは、ずっと前に俺から離れていたに違いないんだ」

うなだれるその幽霊の姿に、夕雨子は同情した。元恋人にそんなことを言われたら、気持ちはどん底に落ちるだろう。だが、先を促さなければ。まだ、肝心なことを聞いていない。

「それで、北野さんが奈々子に殺されたいきさつっていうのは？」

北野は顔を上げた。

「――別れてから一ヵ月くらい経ったある日のことだ。帰宅すると、テーブルの上に買った覚えのないドリンク剤が置いてあった」

「それは、ひょっとして……」

「——ああ、さっき話したドリンク剤さ。つき合っていたころ、奈々子が俺の部屋に来るたびに買ってきてくれていたものだった。仕事が忙しくて大変だろうからってな」

そのドリンク剤は、北野と奈々子の心が通い合っていたころの象徴のようだった。

「——奈々子は合鍵を俺に返していなかったから簡単に部屋に入れたはずだ。ひょっとしたら『よりを戻したい』っていうメッセージなんじゃないかと嬉しくなって、俺は一気に飲み干した。キャップが開いた形跡があったが、奈々子からの贈り物だと思ったからまったく気にしなかった。異変が起きたのはそれから数分後だった。強烈な吐き気と共に目眩に襲われて床に倒れ、血を吐き、手足が痙攣し、……気づいたら、自分の体を見下ろしていた」

死んで霊魂が肉体から離れた直後、多くの人は横たわる自分の姿を見るのだという。祖母にもそう聞いていたし、今まで何人かのこういう体験を夕雨子も聞いていた。

「——発見されるまで三日かかったよ。無断欠勤が続いているのを不審がった同僚が田舎の両親に連絡したらしい。両親から連絡を受けた管理人が、部屋に入り込んできて、俺を見て腰を抜かしたよ。警察は捜査の結果、俺を自殺と判断した」

「警察は、ドリンク剤の入手経路についてはきちんと捜査したんですか」

「――そういうことはわからない。だが一つだけおかしなことがあった。刑事が、キッチンの棚に、硝酸ストリキニーネの入った小瓶を見つけたんだ。俺の死因と同じ毒だ。俺は仕事柄、硝酸ストリキニーネを手に入れることができる」

「その硝酸ストリキニーネは、北野さんが用意したものではないんですね？」

「――俺が自殺なんかするもんか！」

夕雨子の体を寒気が駆け抜けた。霊を怒らせるものじゃないと後悔した。

「――なあ、警察の人間なんだろう？　俺の事件を捜査しなおしてくれ。あいつを捕まえてくれ」

「落ち着いて。奈々子がやったと決めつけるのはよくないです。奈々子には、北野さんを殺害する理由がないじゃないですか」

「――借金だよ」

北野は震えながら答えた。

「――さっきも言っただろう。奈々子の専門学校の学費は、俺が出したんだ。彼女はいつか返すと言っていたが、別れた男に返すのが惜しくなったんだろう。俺が死ねば、金を返す必要もないし、そもそも借金の事実さえなかったことにできる。借用書なんかないからな」

「納得ができません」

また気分を害し、体の中をこの世のものとは思えない悪寒が走るのが怖かった。だが、言わないわけにはいかなかった。

「奈々子は、そんなことをするような人じゃない。高校の時からとっても明るくて、正義に反することには素直に怒れる性格なんです」

身構えたけれど、彼は怒りだす様子はなかった。それどころか夕雨子の顔をまじまじと見つめた。

「――高校の同級生だったのか」

「はい。……言ってませんでしたっけ。高校の頃はずっと一緒でした。だから、奈々子のことはよくわかるんです」

「――卒業してから何年も経つんだろう？　そのあいだに、人が変わらなかったとなぜ言い切れる？」

「そんな……」

「――俺だって本当は信じたいさ」

北野は悔しそうに眼をそらす。

「――でも、俺の部屋の合鍵を持っているのは奈々子だけだ。それに、いつも一緒に飲んでいたドリンク剤だって彼女しか知らないことだ。……奈々子は、俺を……」

それ以上は言葉にならないようだった。悲しそうに顔を押さえたまま、北野の姿は薄れていった。

5

翌日、夕雨子はデスクでぼんやりとしていた。北野春樹が嘘を言っているようには見えなかった。でも、奈々子が人を殺すなんて……。

昨夜、公園で消えて以来、北野は夕雨子の前に姿を現していない。しかし、ストールを巻いていてもわかる。彼はずっと、そばについていて、夕雨子の動向を見守っている。俺が死んだ件について洗いなおせと、夕雨子はせっつかれている気がして仕方がなかった。

「大崎さん、大丈夫ですか」

前のデスクから、鎌形が話しかけてきた。

「はい?」

「顔色、悪いですけど」

ああ、大丈夫です、と答える前に、

「まったく、辛気臭い顔しててんじゃねえぞ」

斜め前のデスクから、早坂守が突っかかってきた。右手で左の首筋のあたりをぐいぐいと揉んでいる。

「こっちは、寝違えて首が痛《いて》えっていうのによ」

じゃあこっち見なきゃいいのに。夕雨子は思いながらもすみませんと口で謝った。

「どうした？」

今度は左隣のシンさんが声をかけてきた。

「別に、なんでもないです」

「なんでもないことあるか。昨日の課長の説教をまだ引きずっているんじゃねえだろうな」

「いえ、そんなことは」

「新しい相棒に対しては、気苦労も多いだろうが、まあ、慣れることさ。……おっと」

シンさんの視線の先を見ると、廊下から野島が入ってきたところだった。わき目もふらず、夕雨子のもとへとやってくる。

「大崎。行くわよ」

「どこへです？」

「パトロールに決まってる」

まったく、この人は。

「ダメです。当分、車には乗るなって藤堂課長から言われたじゃないですか」

「パトロールは車でしかできないわけじゃない」

徒歩で行こうと野島は言うのだった。

「昨日みたいなことがまたあったらどうするんですか」

「その場合はまた、犯人を捕まえるだけよ。警察官っていうのは、そういう仕事でしょ？」

言っていることは正論だけど、やることが荒々しいのだ。夕雨子はため息でもつきたくなるような気持ちで、シンさんの顔を見る。シンさんは苦笑だ。

結局、野島の強引さに引っ張られる形で、夕雨子は署を出た。どんどん歩いていく野島の、トレンチコートの背中を追いかける。やがて駅に着くと、野島はＩＣカードを取り出し、当然のように改札を抜けようとする。

「電車に乗るんですか？」

「事件の起きないようなところにいても、しょうがないでしょ。新宿に行きましょう」

「用もないのに管轄外に出るのは、ちょっと」

「いいから黙ってついてくる」

やっぱりこの強引さは苦手だ。夕雨子はもう、口答えする意思を失っていた。

丸ノ内線に乗車し、新宿三丁目駅で下車した。地上に出てからさらに五分ほど歩くと、古いビルや飲食店が立ち並ぶエリアに出た。どこまで行くのだろう。夕雨子のふくらはぎが痛くなってきたところで、野島はようやく足を止めた。

そこは、ビルに挟まれた小さな店の前だった。《あざみ食堂》と毛筆の書体で書かれた看板の、古い木造の食堂。古びた引き戸の脇には、黒ずんだエアコンの室外機が無造作に置いてある。暖簾は出ておらず、人の気配すら感じられなかった。野島は引き戸に手をかけ、

「こんにちはーっ」

無遠慮に開けた。店内は薄暗く、カウンターの椅子に、七十歳くらいの男性が腰かけて新聞を開いている。

「十一時半からだよ」

男性は新聞から目を離さずに答える。

「私よ、野島友梨香」

店主らしき男性は顔を上げ、「おや、珍しい」と目を見開いた。

「まあまあ、友梨香ちゃん。ずいぶんご無沙汰じゃないの」

奥から、エプロンをした小太りの女性が出てきた。目を細めて、野島の手を握る。

「おばさん、久しぶり。ちょっと祥吾《しょうご》に報告があってね。今回、警視庁から中野署に異動になったのよ」

「あらまあ、中野だったら近いじゃないの」

「まあ、左遷みたいなものだけど。で、この子は新しい相棒。一緒に挨拶させてもらえる？」

この子って……。たしかに三十代も後半の野島からすれば夕雨子はまだ学生のほうに歳が近いような若輩者だ。いや、そんなことより、話が全然見えない。なんと口を挟もうかと戸惑っているうちに、「どうぞ、どうぞ」とおばさんに招かれるまま、夕雨子は野島と共に、奥の生活スペースへと上げられてしまった。

六畳の和室だった。黄ばんだ畳と砂壁は夕雨子の兄が居室として使っている部屋に似ていなくもない。正面に黒い大きな仏壇があり、警察官の制服を着た三十代後半の男性の遺影が置かれていた。

「それじゃあ、私はお店の仕込みがあるから、ごゆっくり」

おばさんは店のほうへ戻っていく。見送ったあとで、夕雨子は野島に訊ねた。

「いったい、どなたなんですか」

「鹿野川《かのがわ》祥吾。私の警察学校の同期。前に、とある事件で殉職してしまってね。ほら、大崎も」

置いてあったライターでろうそくに火をつけながら野島は答えると、線香を一本渡してきた。夕雨子は受け取り、野島と同じように火をつけて線香立てに立てた。手を合わせ、目をつむる。首筋に、少しの寒気を感じた。目を開ける。線香の煙が不自然にゆらりと揺れた。

気配がある。

「私にはもっと組織に順応できるようになれってうるさかった。それでも、私を認めてくれた数少ない警察官の一人」

野島の顔は、寂しそうだった。勝手に気丈なイメージを抱いていた夕雨子は、少し意外だった。

「『お前はいつか上で捜査を指揮する立場にならなきゃいけない』って言ってくれたの」

そして野島は、夕雨子のほうに顔を向けた。

「大崎。私は、祥吾との約束を守らなければならない。今回は不慮のことで所轄へ飛ばされてしまったけれど、いつか本庁に戻るつもり」

「それはわかりましたけど、なぜ私にそれを？」

「あんたが、中野署での相棒だからでしょ。ここでの活躍が認められれば、本庁も私を放っておかない」

何か重い責任を背負わされたような気になった。本庁に戻りたいなら、祥吾という人が言った通り、組織への順応力をつけたほうがいいと思うけれど……。いずれにせよ、本庁などという大きな存在なんてまるで縁がない自分には関係ないことだ。夕雨子はあいまいにうなずいて受け流した。

店に戻ると、店主は新聞を片付けてカウンターの中に入っていた。おばさんの姿は見えない。

「食ってくだろ？」

「もちろん」

野島は四人席の椅子に腰かけ、夕雨子に向かい側に座るように指示した。骨董屋でしか見かけないような壁の柱時計を見ると、まだ十一時だ。野島はこの店では特別扱いされているようだった。

野島はコロッケ定食、夕雨子はアジフライ定食を頼んだ。空腹感はない。むしろ疲労感と、管轄外に出て好き勝手やっていることへの後ろめたさ、そして少しの寒気のほうが心配だった。

「ねえ、大崎」

夕雨子の気持ちを知ってか知らずか、野島は口を開く。

「昨日の夜、何かあった？」

「えっ、どうしてですか？」

声がうわずってしまった。同時に、北野春樹の青白い顔が頭の中によみがえる。

「それ」と、野島はテーブルの上の、夕雨子の両手を指さした。

「両手を同時に、握ったり開いたりって繰り返している。グー、パー、グー、パーって具合にね。あんた、心に何か不安があるとき、そういうふうにする癖がある」

「そんなの、言われたことありませんよ」

「昨日、課長に説教食らってるとき、あんたずっとそれやってたよ。今日もしばらくやってたけど、課長に怒られたことを引きずってるようでもなかったし、昨日の夜、プライベートで何かがあったんじゃないか。……そう思っただけ」

夕雨子は無言のまま、野島の顔を見つめていた。

「そんな怖い顔しない。警察官をずっとやってればそれくらいはわかるようになるの。まあ別に、プライベートのことを深く、問いただすようなことはしないけど」

夕雨子は心を揺さぶられた。

誰かに話したい気持ちでいっぱいだ。強引で苦手な人だけれど、観察眼と明晰さは本物のようだ。この人になら、打ち明けていい気がする。

「野島さん」

夕雨子は心を決めた。

「自分の友人が、殺人を犯したとしたら、捕まえますか？」

さすがの野島も予想外だったようだ。しかし、彼女が考える時間はわずかだった。

「そりゃ捕まえるわ。警察官だから。そんなことがあったの？」

「その可能性がある、ってことです」

「詳しく聞かせなさい」

「片山奈々子っていう、高校の同級生なんですけど——」

夕雨子は昨日、北野から聞いたことをかいつまんで話した。奈々子が恋人に借金をして専門学校に通い、エステティシャンになったこと。その後、誤解と気持ちのすれ違いから、奈々子が借金を返す前に、二人は別れてしまったこと。恋人の男性はよりを戻したいと思ったけれど、奈々子の気持ちはもう離れてしまったということ。それどころか借金を返すのも嫌になってしまったのではないかということ……。

「それで奈々子はその恋人を殺した……かもしれないんです。相手が死んでしまえば、借金もなくなりますから」

「話が見えないところがあるんだけど」

字幕なしの外国映画を見ているような表情で、野島は言った。

「今話したことは、奈々子という友だちの行動から、大崎が推測したことなの？」

「いえ、違います。聞いたんです」

「奈々子本人から？」

「そうじゃなくて、恋人のほうです」

野島の顔は、不可解さに歪んだ。

「だってその人、死んだんじゃないの？」

「はい」

夕雨子はうなずき、出会って初めて、野島の目をまっすぐ見た。

「私、死んだ人と話ができるんです」

夕雨子は昨晩のことを話した。エステ中に北野春樹が現れ、その後、公園で彼に今の話を告白されたことを、さっきより詳しく。話している途中におばさんが二人の定食を運んできたが、二人とも箸はつけなかった。

夕雨子の話が終わると、野島はコップに手を伸ばし、冷酒でもあおるかのようにぐいっと喉に流し込んだ。

「アタマ、大丈夫？」

やっぱり、こんな話、信じてもらえるはずはなかった。

「どうかしてるわ。冗談、やめてよね」

野島は割り箸を割ってコロッケを切り分け始める。

「私の家は、巣鴨で和菓子屋をやっています」

そのコロッケを見つめながら、夕雨子は話を続けた。打ち明けたことを後悔してもはじまらない。ここまできたら、真実をすべて話すしかない。

「小学校一年生の頃、隣の布団屋のおじいさんが亡くなったんですけど、お葬式の次の日、店にそのおじいさんがやってきて、きょろきょろと商品を見回していたんです。私それを見ながらなんだか寒くなって、頭が痛くなって……祖母がどうしたのと訊いたので、『あそこに布団屋のおじいちゃんがいる』って訴えました。すると祖母は答えたんです。『あなたにも見えるのね』って」

それからというもの、夕雨子は通学途中や、たまの遠出のときなど、不意に死者を見るようになった。そういうときは決まって体中を信じられないほどの寒気が走りぬけ、かき氷を無理やり口に押し込まれたような、キーンという頭痛を感じるのだった。両親は心配をして大きな病院に夕雨子を連れて行ったが、効果があるわけはなかった。もとより医者に治せる症状ではないし、大きな病院には死者がうようよと彷徨《さまよ》っているからだった。

「ただ一人、私のことを理解してくれたのは祖母でした。祖母は私よりずっと強い力を持っていたんです。ある日、どこかで買ってきたストールに念を込めて、私にくれました。それを巻いている間は、寒気は感じても死者を見ることはなくなりました」

「まさかそれが、その、首に巻いているストールだっていうの？」

半ば馬鹿にしたように野島は訊ねた。夕雨子は首元に手をやりながらうなずいた。

「それから毎年誕生日に、祖母は私に新しいストールをプレゼントしてくれるようになりました。これは高校二年生の時にプレゼントされたもので、その次の年の春に、祖母は亡くなりました」

「それで、ずっとつけているってわけ」

「はい。信じてもらえましたか」

野島はコロッケをほおばり、笑いながら首を振る。

「信じるわけないでしょ。はい、その話はもうおしまい」

しょうがない。奥の手を出すか。夕雨子は仏壇の前にいた時からずっと感じている寒気に意識を集中させつつ、ストールを首から取って立ち上がった。嵐のような寒気が、体の中を襲う。キーンと、頭が痛くなる。

「あざなんてないじゃない」

野島を無視し、夕雨子は店の奥を見る。

一人の男性が立っていた。警官の制服ではなく上下黒のスウェット姿だが、その顔は、仏壇の遺影の祥吾という男性に間違いなかった。彼は、夕雨子のことをじっと見ていた。

「――俺が、見えるのか？」

「はい」

頭痛に耐えながら、夕雨子は答えた。何かを察したのか、店の奥からおばさんが出てきた。祥吾の体をすり抜けて、こちらへやってくる。

「鹿野川祥吾さんがそこにいます」

「えっ……」

「たぶん、何か心残りがあって、この世にとどまっているんだと思います」

「大崎、いい加減にしなさい！」

野島が立ち上がり、夕雨子を座らせようとする。すっ、と空中を滑るように、祥吾が夕雨子のすぐそばまでやってきた。いよいよ頭が割れそうに痛くなり、夕雨子は椅子に腰を落とした。

「――母に伝えてくれ」

祥吾は口を開いた。夕雨子はとっさにおばさんのほうを見た。

「――もう、直樹《なおき》の件では怒っていないと。だからおふくろも、怒りを鎮めて和解してくれ」

「祥吾さんは、『もう直樹の件では怒っていない』と言っています」

おばさんは、はっとした。

「――だからおふくろも怒りを鎮めて和解してくれ、と……」

口元を押さえたその顔が、その目がみるみる赤くなる。カウンターの向こうから店主も出てくる。

「友梨香ちゃん、いったいどうなってるんだ。この子は、なんだって直樹のことを……」

「――おやじには、医者に言われたとおり、酒を控えるように言ってくれ」

祥吾が言った。

「――棚のいちばん奥の醬油瓶の中にウィスキーを隠していることを俺は知っている」

「お父さんは、お酒を控えてください。棚のいちばん奥の醬油瓶にウィスキーを隠しているのを、祥吾さんは知っています」

店主のおじさんは絶句した。

「なんで……」

夕雨子の頭痛はちっとも止まない。

「あとは何か？」

祥吾に訊ねる。

「――俺が生きていた頃、室外機の下に貼り付けた合鍵がそのままになっている。おやじもおふくろも、それを知らない。泥棒に見つかったら大変だから取っておくように言ってくれ」

「室外機の下に祥吾さんが貼り付けた合鍵がそのままだそうです。泥棒に見つかったりなんかしたら大変だから取ってください」

出入り口のほうを指さす。おじさんもおばさんも放心状態で、動く気配がない。二人の間をすり抜け、野島が出入り口の引き戸を開いた。しゃがみこみ、室外機の下に手を入れる。

やがて野島はこちらを無言で振り返った。その手の中には、銀色に光る鍵が握られていた。

6

一時間後、夕雨子たちは渋谷署の応接室にいた。首から外されたストールは、夕雨子のひざの上にあった。

「まだ信じられないわ」

野島は首を振りつつ、湯呑みに口をつける。

「その北野っていう男、ついてきているの、ここに？」

「はい。そこに」

夕雨子は、野島の正面のソファーを指さす。

「――あんたの相棒が、話のわかる人間でよかったぜ」

口から血を流した北野春樹が、にやにや笑っている。野島はまさにその北野の顔のほうをまじまじと見つめているが、「嘘みたい」とつぶやいただけだった。

さっきの食堂の一件で、野島も夕雨子の〝力〟について理解はしたようだった。のみならず、殺人事件が自殺として見過ごされているのなら捜査しなおさなければならないと、夕雨子を渋谷署まで引っ張ってきたのだ。

「お待たせしました」

扉を開けて、畑田《はただ》という初老の刑事が入ってきた。北野の横に腰掛け、持ってきた書類を二人の前に並べる。北野もその資料を覗き込んだ。

「これですね、北野春樹、男性、会社員。現場は渋谷区の《ビストロ富ヶ谷》の三階」

「ビストロ富ヶ谷？　レストランで死んだの？」

野島が訊いた。

「いいえ、マンションの名前ですよ。硝酸ストリキニーネによる自殺となっていますね」

畑田と野島は、かつて管内で起きた別の殺人事件の捜査本部に共に参加しており、面識があった。野島は自分が中野署に異動になった旨を告げたうえで、「中野署管内で以前に起こった事件に、北野春樹が関わっていた可能性がある」というもっともらしい嘘を並べ立て、北野春樹の情報を彼から引き出そうというのだった。

「ありがとう、畑田さん。ちなみに、北野を自殺と判断したのは？」

「うちの西根《にしね》ですが、今、外出中です」

「北野について、畑田さんは何か覚えてる？」

「たしか彼は製薬会社に勤めていて、研究所にも出入りがあったはずです。当然、硝酸ストリキニーネも簡単に手に入れることができた。部屋にあったものと、ドリンク剤から検出されたものの成分も完全に一致したと、ここに科捜研からの報告がありますね。確認のため、あとで西根から連絡を入れさせましょうか？」

「いや、大丈夫。この資料はもらっても？」

「ええ、どうぞ」

野島はうなずいて礼を言うと、事件資料をバッグにしまいこみ、「行くよ」と夕雨子を促した。夕雨子はぴょこんと立ち上がり、畑田に深々と頭を下げた。北野もすっとついてくる。

渋谷署を出て、五十メートルほど歩いたところでようやく夕雨子は口を開いた。

「野島さん、こんなことをしていいんですか」

事件のことを自分で言い出しておきながら、夕雨子はびくびくしていた。

「バレたらまた……」

「何を言ってるの。殺人事件が自殺として処理されるのを、みすみす見逃すつもり？」

「――そうだそうだ」

口調を合わせる北野を、夕雨子は無視した。

「そうは言っていません。ただ、正規の手続きを取って渋谷署に捜査をしなおしてもらうほうが……」

「なんて説明するのよ？　被害者の幽霊が訴えてきたなんて言い分が、通ると思う？　警察っていうのがお役所仕事なのはわかっているでしょ。管内で自殺と判断した事件を、別の所轄の人間に口出しされて『はいそうですか』とすぐ捜査しなおすほど素直じゃないの。それだったら、こっちで確固たる証拠を見つけて真犯人をあげるほうがいい」

「そういうものでしょうか」

「いい？　被害者はたった一つの命を奪われた。その無念を晴らせるのは、私たちしかいないのよ。だいたいそうしてほしくて、北野春樹はあんたにまとわりついているんでしょ？」

「――そういうことだ。相棒のほうがよくわかってる」

二人の言うことは正論だ。でも――という気持ちが、捜査上の手続き以上の戸惑いが、夕雨子にはある。北野の言い分が真実だとしたら、再捜査をして明らかになるのは、高校時代の友人が殺人犯であるというやりきれない事実なのだ。

「友達が犯人じゃないと信じたいの？」

夕雨子の心を見透かしたように、野島が訊いた。夕雨子は小さくうなずいた。

「だったら、よけい、ちゃんと捜査しなおさなきゃ。まずは奈々子本人にあたって、事情を聞いてみましょう」

歩き出す野島と夕雨子のあいだに、すっと北野が割り込んだ。

「――いいか、大崎」

いつのまにか、夕雨子の名前まで憶えていた。

「――俺にとっちゃ、殺人を明らかにしてくれるのがどこの所轄の警察官かなんて関係ない。ぐだぐだ言わずに、捜査しなおすんだ」

夕雨子は北野をにらみつけ、ストールを首に巻いた。北野の姿は見えなくなった。

《Tre-Tre》の入っているビルには三十分ほどで着いた。一階のドッグカフェは営業していて、きゃんきゃんという声が漏れ聞こえていた。ガラス戸の向こうでは、藤田店長がトイプードルの体をブラッシングしていたけれど、夕雨子の姿に気づくとにこやかに黙礼してきた。もじゃもじゃしたひげのその笑顔が、夕雨子の不安を少しだけやわらげてくれた。

「何よ、このうるさい店は」

「犬に癒されるカフェですよ。奈々子も常連客なんだそうです」

夕雨子は答えた。

「あのオーナーさん、前はブリーダーだったけど、都会人を犬で癒したいってこういう店を開いたんですって」

「ふーん」

野島は興味がなさそうだ。周りと足並みをそろえずわが道を行くこの態度は、犬よりも猫を思わせる……などと夕雨子が思っていたら、野島はとっとと階段を上がりはじめた。夕雨子は後を追った。

ドアを入ってすぐの受付には誰もいなかった。野島が卓上ベルを鳴らすと、奥から奈々子が出てきた。

「あれ？」

奈々子は夕雨子の姿を認めて驚き、そして野島のほうを怪訝な顔つきで見た。

「奈々子、昼間からごめんね。この人は私の上司」

「中野署刑事課の野島と言います」

野島は警察手帳を見せると、奈々子の前に一歩進み出た。声色も顔つきも、刑事のそれになっている。

「北野春樹さんをご存知ですね」

その名を聞いたとたん、奈々子の表情は明らかにこわばった。一瞬、夕雨子のほうを見て、うしろめたそうに目を逸らし、「二ヵ月前まで付き合っていた人です」と答えた。

「二ヵ月前に、自宅で亡くなっているのが発見されたことは」

「知っています。自殺だったそうですね」

「一度はそう判断されましたが、それが怪しくなってきたんです。殺人の可能性も」

「まさか」

奈々子は目を見開いた。この表情をどう見るべきか……。

「片山さん、エステティシャンの専門学校の入学金と学費を北野さんから借りていますね」

ぞくりと、寒気が背中を這い上がった。

「それがどうしたんですか」

「その借金を返済する前に、あなたは北野さんと別れた」

「返しています！」

奈々子の返事に、野島の顔が変わった。

「返している？」

「私だって、いつか返さなきゃと思っていたんです。でも感情的にどうしても会うことができなくて。落ち着いたらこっちから連絡しようと思っていたら、春樹は……、死んでしまった。私は春樹のご両親を訪ねて事情を話し、お金を返したいと申し出ました。初めは拒否されました。春樹の自殺の原因は私だとご両親は思っていますから、当然です」

奈々子の目に涙がたまっていく。

「毎月三万円ずつ、春樹のご実家に送金しています。お返事はありませんが、返金もないので、受け取ってもらっていると思っています。……確認してみてください」

野島は夕雨子のほうを見た。夕雨子は戸惑いつつ、背中の寒気が不思議な感情を持っているように感じた。春樹もまた、戸惑っているようだ。

「奈々子」

夕雨子は声をかける。

「春樹さんに何か、かける言葉はない？」

「かける言葉……って。どうして、夕雨子が」

少し躊躇したあとで、夕雨子は口を開いた。

「今、ここにいるの。春樹さんが」

奈々子は怪訝そうな顔になり、やがてその目に、軽蔑の色が宿った。

「なんでそんなことを言うの？」

高校時代、奈々子にはこの力のことを話すことはできなかった。昨日も、風邪をひいているみたいだと言い訳をして早々にエステを切り上げたくらいだった。

「本当なの、奈々子。奈々子がエステティシャンになったら、春樹さんにいちばんに施術をするって約束をしていたんでしょ。その約束を果たしてもらえなかったって、春樹さんは言ってる。奈々子に優しくしなかったことを、ずっと悔やんでる」

「もういい！」奈々子が叫んだそのとき、店のドアが開いた。

入ってきたのは、エステサロンオーナーの河合さんだった。即座に、ただならぬ雰囲気を察したようだった。

「何ですか、いったい？」

矢を射るような目つきで、夕雨子たちを睨みつける。

「す、すみません。実は私、警察の者でして……」

夕雨子はおずおずと、これまでのことを説明した。それを聞くなり河合の態度は硬化した。

「その件はもう、すんだはずです！」

野島を押しのけるようにして奥へ進むと、奈々子を守るように立ちはだかる。

「迷惑だったんですよ、あの男は。うちの片山の元カレだかなんだか知りませんが、仕事場にまで押しかけて、あんなに喚《わめ》かれては。亡くなったのはかわいそうですが、彼女だって傷ついているんです。帰ってください」

河合は、奈々子の肩に手をやって、奥へ戻るように指示をした。奈々子はすみませ
ん、とうなずき、夕雨子たちに背を向けた。

「すみません、最後に一つだけ」

野島の冷静さに、奈々子の足がぴたりと止まる。

「北野さんの部屋の合鍵を預かったまま、あなたたちは別れましたね」

「それも、二ヵ月前に警察の方に渡しました。私は別れて以来、彼の部屋には行って
いません」

「帰ってって、言ってるでしょう！」

河合に押し出されるように、二人は店を出た。

ドアが閉まると同時に、野島が不意を突いて、夕雨子の首のストールを取った。

「あっ、何するんですか」

「訊きなさい、北野に。彼女が両親に送金していることを知っていたかって」

寒気と頭痛。夕雨子の前にはすでに、北野春樹が現れていた。青ざめた顔は、呆然としていた。

「――知らなかった」

問う前に、春樹のほうから言った。

「知らなかったと言っています」

「ご両親に確認をしてみましょう。実家の電話番号を訊いて」

「その前に、階段を下りませんか？」

奈々子の店の前でこういう話をしているのは、妙に気まずかった。階段を下り、ドッグカフェの前の道に出ると、夕雨子は北野が告げた実家の電話番号をスマートフォンに打ち込み、電話をかけてみた。誰も出なかった。

そのとき、ドッグカフェの藤田が出てきた。手にはホウキとチリトリを持っている。

「また来たんだね。寄っていかない？」

「すみません、今は仕事中で……」

断ろうとする夕雨子を、野島が遮った。

「いいじゃない、寄っていきましょう」

「野島さん」

「じつは、興味あったの。ドッグカフェ」

にやりと笑うと、さっそうと店の中に入っていく。本当に、行動の読めない人だ。

藤田は店の前の掃除をはじめ、中には戻ってこない。レジ前で対応してくれたのはこのあいだの女性店員で、野島はすでに彼女にコートを預け、靴を脱いでいる。夕雨子もそのあとを追った。

「野島さん、犬、好きなんですね」

ミニチュアダックスフンドの毛並みをなでている野島に、夕雨子は話しかけた。

「一度、警察犬と一緒に奥多摩の山中に逃げた犯人の捜索の手伝いをしたことがあるんだけどね。そのとき、警察犬のやつらに思いっきり吠えられたわ。私、犬には嫌われるたちなのよ」

だったらなんで……と、夕雨子はそれ以上聞くのをあきらめた。従業員の女性がコーヒーを二つ、運んできた。

「――おい、コーヒーなんか飲んで落ち着いている場合か」

北野が夕雨子の耳元ですごむ。

「送金の話が本当なら、奈々子には動機がないことになります」

「じゃあ、他に犯人がいるってことでしょう、ねえ」

ミニチュアダックスフンドに話しかけるように野島は言った。

「でも、合鍵の問題が……」

と夕雨子は言って、はっとした。

「北野さんの部屋って三階でしたよね？」

「——ああ」

「梯子で上れない高さじゃないですよ。ベランダの鍵をかけ忘れていて、ガラス戸から犯人が入ったっていうことは？　それなら合鍵のない人物でも侵入できます」

「それはない」

北野より先に野島が否定する。その顔は、ミニチュアダックスフンドに向けられたままだ。

「ベランダは内側から施錠されていたのよ。資料、ちゃんと読んだの？」

読んでいません、とは言いにくく、すぐに別の可能性を思いつく。

「じゃあ、鍵を誰かがこじ開けたということは？　空き巣のよく使う、ピッキングの方法で」

「それは……、ありうるかもしれない」

薄笑いを浮かべながら、野島は言う。

「でも、そこまでして北野を殺害しようという動機のある人間なんているかしら、ねえ」

ほっぺたをぐしゃぐしゃとやられたのが嫌だったのか、ミニチュアダックスフンドは逃げて行ってしまった。

「やっぱり、犬は寄り付かないわ、私に」

「野島さん。とにかく、北野さんが亡くなった現場のマンションに行ってみましょう。鍵がこじ開けられた形跡があるかも」

「あったとして、それで？　ピッキングの証拠があったところで、犯人が特定されるわけじゃない」

「でも、他に何か、犯人につながるものが見つかるかもしれませんし」

「どうだろう。二ヵ月も経っていたら、きれいに掃除されてしまっているんじゃないかな。管理会社だっていつまでも部屋を遊ばせておくわけにはいかないでしょ」

「――たしかに」

北野が悔しそうに言った。

「行ってもみないのにあきらめるのはよくないと思います。事件現場にしか、再捜査の手掛かりはないんですから」

二人のどちらにともなく言う。野島は声を立てて笑った。

「何がおかしいんですか」

「なかなか、刑事らしいこと言うなと思って」

「えっ？」

「悪くないんじゃない。よし、ここからは別行動にしましょう」

すっと立ち上がると、レジに向かう。女性店員が、おや、という顔をした。

「もうお帰りですか」

「はい。コーヒー代は、相棒が払いますから」

受け取ったコートを羽織る野島に、夕雨子は詰め寄った。

「野島さん。刑事は二人一組で行動するのが基本ですよね」

「二人でしょ、その男と」

すげなく言い返すと、野島はレジの横に目を落とした。藤田の写真入りの名刺が置いてある。

「これ、一枚もらっても？」

「どうぞどうぞ。またいらしてくださいね」

「また来ます」

野島は夕雨子のほうを振り向くこともなく、店を出て行った。掃除をしている藤田に、にこやかに挨拶しているのが見えた。

7

　野島は本当にそのまま、どこかへ行ってしまった。自分から首を突っ込んでおきながらあんな形で放棄するなんて、無責任すぎる。憤りを感じつつ、夕雨子は賃貸業者に連絡して訊いてみた。

《ビストロ富ヶ谷》の三〇三号室は事件以来借り手がつかず、空き部屋になっているとのことだった。鍵も変えていないという。現場を見たいと申し出ると、最寄りの駅で担当者が待っていてくれることになった。

「本当に参りましたよ。あんなことがあると借り手がつかなくて」

　駅から《ビストロ富ヶ谷》へ向かう道すがら、担当者の来栖《くるす》という男はぼやいていた。

「空き部屋があるということはその分家賃収入が減るということですから、私どもの物件は、本来は事務所使用は遠慮いただいているんですが、それも切り替えようかと思うんです」

「はあ……」

「それでも厳しいんですよ事故物件というのは。何かが出るという噂が広まってしまう。まったく、私としては幽霊なんか信じている人間の気が知れません。警察の方だって、そうでしょう？」

まさか自分がその幽霊を見ることができるとも言えず、「そうですね」と返事をする。その瞬間、ストールを巻いた首から背中にかけてぞくりとした。北野はしっかりついてきているようだ。

五分ほどで《ビストロ富ヶ谷》へついた。三〇三号室のドアに鍵を差し込もうとする来栖を止め、夕雨子はしゃがみ込んで鍵穴の様子を確認した。何の変哲もないシリンダー錠だ。見たところ、引っ掻いたようなあとはない。

「ひょっとしてピッキングの可能性について考えてます？」

来栖が笑う。

「たぶん不可能ですよ。このマンションはオートロックがない分、ドアの鍵にはこだわっていて、ピッキングのしにくいものを使用しているんです。メーカーさんによれば、これまでこのタイプの鍵がピッキングされた例はゼロだそうです」

「そうでしたか」

「入りましょう」

来栖は施錠を解き、部屋の中へ入る。しっかりリフォームが済んでいて、単身者には十分な広さのフローリング1Kだった。当然のことながら掃除もしっかりされていて、ホコリ一つ落ちていない。北野が毒を飲んだ日にこの部屋にあったものは、何一つ残っていない、空っぽの空間だった。

野島の言うとおりだった。軽い絶望感に包まれながら夕雨子は、ベランダへ通じるガラス戸へ向かった。雨戸の類はないが、スライド式の錠は外側からは決して開けられない仕様になっている。

ベランダに出て下を見ると、梯子をかけられない高さではないことは確認できた。ただし、すぐそこは人通りも多い車道であり、夜であっても梯子をかければ目立ってしまう。

「ここの合鍵を持っているのは、他にはいらっしゃいませんか？」

振り返って、来栖に訊ねた。

「地元の《東《あずま》エステイト》という不動産屋さんに委託していますので、そちらに一本だけ」

「そうですか……ちょっと、すみません」

夕雨子は部屋を横切り、玄関のドアを開けて共用廊下に出ると、北野を振り返った。

「やっぱり、合鍵を持っていない人間には無理みたいですね」

「――初めから言ってるだろう」

しかし、その口調からは、奈々子への疑いは感じられなかった。

「今の、来栖さんっていう賃貸業者の人に恨みを買うようなことはないですよね？」

「――家賃を振り込むだけの関係だ。会ったこともない」

「じゃあ、不動産会社の人は？　《東エステイト》でしたっけ」

「――借りるときにちょっと会っただけだ」

「これから、行って話を聞いてみましょう。何か、思い出すかもしれない」

「――無駄だ。不動産会社の人間がどうやって毒薬を手に入れるというんだ」

「ああ、そうか。じゃあ、毒薬を手に入れられる知り合いは？」

「――そりゃ、俺の会社の連中なら。だが会社であのドリンク剤を飲んだことはないんだ。だから、会社の誰かが俺を殺そうとするなら、別のものに毒を入れるはずだ。それに、合鍵の問題もあるだろう」

「そうか。他に、毒薬に詳しい人に心当たりはないんですか？　薬学を勉強していた人とか……」

と言いかけて、夕雨子はあれ？　と思った。薬学部。最近、どこかでこの言葉を聞いたような。

「あっ！」

とっさにスマホを取り出し、《Tre-Tre》のサイトを開く。

間違いなかった。オーナーの河合京子《きょう》のプロフィールに「隆南大学薬学部卒業」としっかり書かれている。

夕雨子の脳裏に、少し前の《Tre-Tre》での光景がよみがえる。野島と奈々子のあいだに立ちはだかった河合京子——あの、憤怒の形相は、単なる従業員を守ろうという経営者のものにしては猛りすぎだった。夕雨子は違和感を覚えていたのだ。河合と奈々子のあいだの距離が近すぎたことに。

河合が奈々子に対し、従業員以上の感情を抱いていたとしたら。仕事場までおしかけて復縁を迫る北野に、憎悪の感情が生まれてもおかしくない。合鍵だって、奈々子が仕事をしている最中、バッグから抜き取り、ビルを抜け出して作ってくることもできるはずだ。

「北野さん、隆南大学に行ってみましょう！」

＊

隆南大学は、医学部と薬学部のある私立大学だ。薬学部のキャンパスは川崎市の多摩区にあった。小田急線とバスを使って一時間あまり。到着したころには日はすっかり西に傾いていた。

薬効のある植物でも育てているのだろう、キャンパス内は植物園のようなありさまになっていた。ハーブらしき植物の植わった畑に囲まれたくすんだ色の建物が、事務所になっていた。

事務所に調べてもらったところ、河合京子はたしかにここの卒業生だった。しかし卒業後すでに十年以上が経過しており、指導教授のもとに出入りしているかどうかなどは事務所ではわからないとのことだった。

津島滝彦《つしまたきひこ》というその指導教授の研究室を教えてもらい、夕雨子はそこへ向かった。事務所のある建物からさらに敷地の奥まったところにある、四階建ての建物だった。コンクリート打ちっぱなしの内部は冷気と薬の臭気で満ちている。

津島研究室と書かれた札のあるドアをノックすると「はい、どうぞ」と男性の声がした。

「失礼します」

研究室中の机に、金魚でも育てるような水槽が所狭しと並べられている。その中にあるのは生き物ではなく、すべて青々とした草だった。夕雨子にはみんな雑草にみえるが、きっと薬効成分を持つ研究対象なのだろう。

「警視庁中野署の、大崎といいます。津島滝彦先生ですね」

警察手帳を見せると、水槽の向こうで分厚い本を広げていた彼は、顔を上げた。白髪頭の、六十すぎの痩せた男性だ。

「はい。何か御用で？」

珍しい客だとでも言いたげな顔だった。

「河合京子という人物をご存知ですよね」

「かわいきょうこ、さて……」

「津島先生の教え子だった女性です」

夕雨子はスマホを操作し、《Tre-Tre》のサイトを見せた。その顔を見るなり津島は、ああ、と表情をやわらげた。

「懐かしい顔だなあ。たしかに私の研究室の卒業生だが、彼女が何か？」

「実は、今年の九月に渋谷区で起こった男性の服毒死事件に関わっている可能性がありまして」

夕雨子は、事件について説明した。

「はあ、つまり、河合くんがその犯人なのかもしれないということですか」

「ええと……まあ、可能性の話です」

「しかし、硝酸ストリキニーネをどこで手に入れたというのです？　たしかに興奮剤として使われることもあるだろうが、エステには必要なく、劇薬ですから業者もなかなか売ってくれないと思いますが」

「この大学へ、もらいに来たということはないでしょうか？」

津島は笑い出した。

「私を仲介してということですか。ご冗談でしょう。まず第一に、私は卒業以来、彼女に会っていない。第二に、私の専門分野は植物の芳香成分です。硝酸ストリキニーネなど扱ったことはない」

「でも、この大学に硝酸ストリキニーネ自体はありますよね？」

「あると思いますが、管理部に申請を出さないと薬品の保管庫の鍵を借りることはできません。管理部に問い合わせてみれば詳細はわかるでしょうが、河合くんが保管庫に入ったという事実は百パーセントないでしょうな。大学に籍を置いている学生でも、教員の許可なく鍵を借りる申請は出せませんから」

河合はすでに卒業生なので、鍵の申請すらできないだろうということだった。

「お騒がせしました」

津島研究室を出る。廊下は暗く、どこかから焦げ臭いようなにおいも漂ってくる。

「――違ったか」

北野が暗い声でつぶやいた。

「まだ、あきらめてはいけませんよ」

夕雨子は励ました。

「籍を置いていなくたって、建物内に入ることは可能なんです。誰かになりすまして、薬品保管庫の鍵を借りた可能性も」

「――顔を見られるだろう？」

「なんか、あるんですよ。方法が。管理部というところに行ってみましょう」

「――無駄だ。もういいんだ」

「もういい、って」

「――俺は自殺をしたことにされたんだ。……奈々子が犯人だと思っていたが、そうじゃないらしいことがわかった。それで十分だ」

夕雨子は少しの間を開けて、笑ってしまった。

「――なんだよ」

「私と出会ったときより、だいぶ優しい顔になりましたね」

「――そうか？」

「奈々子への恨みが消えたのは、嬉しいことです。でも、まだ成仏してもらうわけにはいきません。真犯人を明らかにするまでは、協力してもらいます」

今度は北野が夕雨子を見つめ、笑った。

「――俺と出会ったときより、だいぶ警察官らしくなったな」

同じ言い方で返されたので、夕雨子は恥ずかしくなった。

「行きますよ」

再び事務所のほうへ歩き出す。北野は空中をすべるようについてくる。

「──なあ、奈々子って高校の頃、どんなやつだったんだ？」

「なんですか、いきなり」

「──昔のこと、聞いたことなかったんだよ。刑事になった同級生がいるなんてことも、初めて知った」

夕雨子は立ち止まり、空を見上げて少しだけ、回想した。

「奈々子は、私なんかと違って、活発でモテる子でしたよ」

事実、バレーボール部のエースだった奈々子は、男子生徒にモテたし、先生からの覚えもよかった。夕雨子のほうはと言えば、勉強ができるわけでもなく、運動神経もそこそこで、とにかくいつも教室の隅にいるような存在だったけれど、なぜか二人はうまが合って、よく一緒にお弁当を食べ、好きな映画や小説の話をし、服や化粧品の情報を交換したものだった。

「三年生になって、進路を考えなきゃいけなくなったとき、警察官になろうかどうしようか、私、迷っていたんです。それをはじめに伝えたのも奈々子でした」

「──ちょっと待て。そもそも大崎、どうして警察官になろうと思ったんだ」

「小学生の頃、友だちを一人、失ったんです。その友だち、まだ遺体が見つかっていなくて……。警察に入ったら、情報も得られて、彼女を見つけられるかもしれないなんて、漠然と思って」

「――そうか」

北野は、詳しくは訊かなかった。

「でも私なんかが警察官になれるかどうか、不安でした。奈々子はそんな私に言ってくれたんです。『夕雨子にぴったりだと思う』って」

はっきりした理由はないけど、夕雨子はそういう、困った人の役に立てる人だと思う。奈々子の言葉に、夕雨子は勇気づけられたのだった。

「――へえ、ということは、大崎が警察官になれたのも、半分くらいは奈々子が背中を押したようなところがあるんだな。迷っているときに、いい方向に導いてくれるセンスがあるんだよ、奈々子は」

恋人の自慢をする口調だ。奈々子への恨みは、本当に消えたらしい。この人の役に立ちたい。昨晩、エステを邪魔されてから初めて、夕雨子はそう思った。

「ねえ北野さん。まだ、未練がありますよね？」

「――未練？」

「奈々子がエステティシャンになれたら、必ず施術してもらう。その約束を果たしてもらってないじゃないですか」

北野は一瞬うつむいたが、すぐに顔を上げた。

「真犯人を見つけたあとで、奈々子に約束を果たしてもらいましょう。それが、北野さんが向こうにいける条件のような気がします」

「――それはそうだが……。幽霊の状態で、どうやって施術してもらうんだ」

「え……ああ、それはたしかに、そうですね」

「――考えてなかったのかよ。とぼけたやつだな」

「すみません」

そのとき、コートのポケットの中でスマートフォンが震えた。野島からだった。

「もしもし」

〈今どこよ〉

ぶしつけに訊ねてくる。

「隆南大学です」

〈ということは、河合京子の線を当たっているのね？〉

「そうですけど、なんで、わかったんですか？」

〈河合京子が隆南大学の薬学部出身だって、エステサロンのサイトに書いてあったから。大崎なら、薬学部というキーワードだけで、単純にとびつくかなと思って〉

すべて見透かされていたというわけだ。

〈河合は、犯人じゃないわよ〉

「えっ？」

〈待ってるから、戻ってきなさい〉

「どこにです？」

〈エステサロンに決まってるでしょ〉

そして次の野島の言葉に、夕雨子は飛び上がらんばかりにびっくりしたのだった。

〈真犯人を、逮捕するわよ〉

8

《Tre-Tre》に戻ったのは、午後六時三十分だった。ストールは外したままなので、北野の姿は見えている。

ドアを開けると、野島は待合スペースのソファーでハーブティーを飲んでいた。

「お疲れ。待っているあいだに、施術してもらっちゃった」

そういえば心なしか、顔全体がつやつやしているような気がする。夕雨子は多少の怒りと大いなる戸惑いを抑え、訊ねる。

「どういうことなんですか、野島さん」

「――真犯人は誰なんだ？」

北野と合わせて、興奮は二人分だった。野島は落ち着き払った様子でそれを抑え、すっと立ち上がった。そのとき、カーテンの向こうから奈々子が現れた。右手に茶色い紙袋を下げている。野島がアイコンタクトを取ると、奈々子は無言でうなずいた。奈々子はすでに、野島からすべてを聞かされているようだった。

「行きましょう」

野島は率先してドアを出ていき、奈々子も続く。夕雨子と北野は慌てて追った。

野島は階段を下りるとすぐに、重いガラス戸に手をやった。ドッグカフェのドアだ。きゃんきゃんと鳴く子犬たちの声。また、客は誰もいない。この店に、客が来ることはあるのだろうか。

「すみません、夜七時閉店でして、ラストオーダーが六時半となっております」

女性店員が申し訳なさそうに言う。

「お客じゃないので」

野島は強引に靴を脱いで絨毯の店内に上がる。奈々子も、夕雨子もそれに従った。

「オーナーの藤田さんは？」

女性店員がどうこたえようか戸惑っていると、後ろから藤田が現れた。

「やあ、どうも、みなさんで。本当は閉店ですが、特別ですよ」

「今回は、別件なの」

野島は毅然と言い放つと、奈々子のほうを振り返った。夕雨子はただ、黙って見守るだけだ。

「彼女の元恋人である北野春樹さんが、二ヵ月前の九月十日、《ビストロ富ヶ谷》で亡くなっているのが発見され、検死の結果、九月七日に亡くなったことが明らかにされました。死因は硝酸ストリキニーネ。部屋の鍵が内側からかけられていたことと、北野さんが製薬会社に勤めており、毒薬の入手が容易だった事実から、所轄署は自殺と判断したのです」

「それは残念でしたね……」

藤田は不思議そうな表情のまま、調子を合わせた。

「私たちは、何者かが北野春樹さんを自殺に見せかけて殺害したのではないかと考えています。北野さんが亡くなったと考えられる九月七日、毒入りのドリンク剤を現場である《ビストロ富ヶ谷》に置いておいたのです」

「はあ、そうですか。しかしなぜそれを私に？」

「犯人が、あなただからよ」

ぴりっとしたその言葉に、夕雨子はドキリとした。

藤田が、犯人……？

る。

「まさか」

藤田は口元に笑いを浮かべた。レジでは女性店員が驚いたように目を見開いている。

「どうして私が」

野島はコートのポケットに手を入れ、取り出したものを藤田に突き付けた。昼間、この店から持っていった名刺だった。

「ここに、あなたの顔写真が印刷されているわね。この周囲にある合鍵を作れる店に名刺を見せて回ったところ、ある店の従業員が、あなたが合鍵を作ったと証言した。ここにその取引の記録がある」

野島はコートから一枚の紙を取り出す。

「鍵の型は、《ビストロ富ケ谷》に使われているものと一緒。日付は九月六日よ」

夕雨子は愕然とした。九月六日と言えば、北野春樹が殺される前日だ。

野島は奈々子のほうを見た。

「片山さん、あなた、九月六日に、このカフェに来ているわね？」

「はい」

奈々子はしっかりとうなずき、スマホを出す。

「この店のチワワちゃんと一緒に写真を撮った画像に、日付が記録されています。九月六日」

野島は再び藤田のほうに目を移す。

「あなたは片山さんのバッグから抜き取った鍵を持って一度外出し、合鍵を作って戻ってきた。鍵は片山さんが帰るまでにバッグに入れておけばいい」

「冗談じゃない。合鍵を手に入れたところで、私はその男の住むマンションを知らない」

「あれ」

野島が人差し指を立てた。

「どうして《ビストロ富ヶ谷》がマンションだと知っているの？　私は建物の名前しか言っていないのに。『ビストロ』だなんて、私は初めて聞いた時、レストランの名前だと思ったくらいよ。さっきこの話を店内でしていたときも、あなたは外で掃除をしていたわよね」

藤田は、返す言葉を見つけられないようだった。野島はさらに続けた。

「上のエステのオーナーの河合さんの話では、よりを戻そうと考えていた北野さんは何度かエステを訪れて片山さんを呼び出していたそうよ。事件の直前の九月五日には、店内で口論になるとうるさいからと、片山さんが北野さんを、ちょうどこの店の前まで引き連れてきて口論をした」

い。

北野が思い出したように口元を押さえるが、もちろん野島にその姿は見えていない。

「――あっ」

「北野はそのとき、片山さんと交際していた頃に一緒に飲んだドリンク剤を渡そうとしていたそうよ。あなたはそれも含めて見ていた。その日、北野さんの後をつけ、《ビストロ富ヶ谷》の何号室に住んでいるかまで見届けたのよ」

「なぜです？」藤田はふふっと笑った。「なぜ私が、その男を尾行し、合鍵まで作って、毒入りのドリンク剤を置いてこなければならなかったのです？」

「片山さん」

野島の合図に、奈々子は紙袋からあるものを取り出した。片手に載るほどの柴犬のぬいぐるみだった。その腹が裂け、黒いコードが見えている。藤田の顔色がさっと変わった。

「あなたが彼女にプレゼントしたぬいぐるみ。中に見えるあれは、盗聴器ね。傍受するには近所まで行かなければならないはずだと思って、周辺住民に聞き込みをしたら、すぐにあなたの顔を見たことがある人に出会えた」

顔写真入りの名刺を、野島はひらひらとさせた。

「ストーカー……」

夕雨子がつぶやくと、藤田はすぐに「違う！」と否定した。

「黙りなさい。これは立派な、ストーカーでしょ」

野島はねじ伏せるように言葉を継いだ。

「実は私、北野さんの死因が硝酸ストリキニーネだと知ったときから、犬関係の人間を疑っていた。硝酸ストリキニーネは、殺虫剤や殺鼠剤によく使われる毒物。かつては犬を殺すのにも使用されていたのよ」

そうだったのかと驚く夕雨子にお構いなく、野島は続ける。

「かつて犬のブリーダーだったというあなたになら、硝酸ストリキニーネを手に入れる伝手《つて》があってもおかしくない。もしこの店やあなたの自宅を捜索して、事件に使われたものと同じ硝酸ストリキニーネが見つかれば、それは大きな証拠に……」

「黙れっ！」

野島の言葉は遮られた。藤田がテーブルの上のコーヒーカップを摑み、野島に投げつけたのだ。熱いコーヒーが舞う。夕雨子は奈々子を守った。

一同が怯んだすきに、藤田はドアのほうへ逃げだした。その背中に、野島がとびかかる。一瞬の出来事だった。野島は藤田を床に伏せさせ、その手に手錠をかけた。

「ストーカーじゃない。けっして、ストーカーなんかじゃ……」

もじゃもじゃの髭をよだれまみれにしながら、藤田は念仏を唱えるように繰り返した。

「俺は、番犬さ」

「番犬？」

「奈々子さんを守る、番犬だ。美しいご主人様に、変な男がよりつかないように」

藤田は短い首をぐいっと伸ばし、充血しきった目で、奈々子を見上げた。

「あの日、北野につきまとわれていたあんたは、俺の目を見て『助けて』って言ったんだ。だから俺は、助けたんだ。あんたの番犬としての役目を果たしただけなんだ……」

野島はその頭に手をやり、ぐっと藤田の顔を床に押し付けた。

店のドアが開いたのは、そのときだった。

「野島さん、大丈夫ですか」

畑田を筆頭に渋谷署の刑事と思しき男性たちが四人、飛び込んできた。

「ちょうどよかった。今、身柄を確保したところよ」

こともなげに野島は言う。すでに所轄署にも連絡していたのかと、夕雨子はその手際の良さに舌を巻く思いだった。

渋谷署の刑事たちが藤田を連れて行くのを見送ったあとも、しばらく、一同のあいだには戦慄の静けさが漂っていた。

れど。

「――謝ってくれ」

静寂を破ったのは、北野だった。もちろんそれは、夕雨子にしか聞こえなかったけ
れど。

「――疑って悪かったと、奈々子に」

夕雨子はうなずき、奈々子を見た。

「奈々子。北野さんが……」

「ごめんなさい！」

奈々子は突然、頭を下げた。

「野島さんから聞いたの。夕雨子、本当に春樹が見えているんでしょ」

「うん。北野さんは謝ってる。奈々子を疑ったこと」

「私のほうがいけないの。私がいなけりゃ、春樹は死ぬこともなかったのに……」

「――それはちがう」

「それはちがう、って春樹さんが。奈々子がエステティシャンになれたこと、本当に
喜んでるよ」

その後、夕雨子を通じて、かつての恋人たちは久しぶりに会話をした。初めはぎこ
ちなかったが、二人とも次第に心を開いてきたようだった。

「そういえば夕雨子。春樹との約束のこと……」

奈々子の言葉に、夕雨子は思わず、北野と顔を見合わせた。

「うん、奈々子。それは北野さんも気にしているんだけど、その……」

「やっぱり、霊だとだめだよね」

寂しそうに奈々子は言った。「うん」と夕雨子が言うのにかぶせて、

「大崎の体に彼をとりつかせるということはできないの？」

横から野島がとんでもないことを言った。

「できるとは思いますけど……」

「けど、何よ？」

夕雨子は野島のコートの袖を引き、奈々子や北野に聞こえないくらいの声で言う。

「男の人に体を乗っ取られるというのは、さすがにちょっと……」

「なに、そんなことを気にして。最後まで責任もって成仏させなさいよ」

「でも、上半身は裸になるわけですし」

「面倒くさいなあ」

野島はしかめ面で少し考えていたが、やがて、

「男ならいいのね」

とスマートフォンを取り出した。

9

「なんだよ、こんなところへ呼び出して」

《Tre-Tre》に、早坂守が現れたのは、それから小一時間ばかり後だった。普段着なのだろう、黄土色のコートの下に、ずいぶんと色褪せた茶色いセーターを着ていた。

「管内の事件だとか言ってたが、本当だろうな。なんで俺だけなんだ」

半分とじたようなまぶたの目で夕雨子と野島の顔を見比べ、早坂は文句を言った。

「事件というのは嘘です」

「なんだと？」

「お疲れじゃないかと思って、サプライズサービスよ」

野島はその腕をつかむと、無理やり奈々子の待つ施術スペースへ連れて行く。

「料金は大崎がもつから、あんたも体を磨いて、少しはきれいになりなさい」

「しっ、失礼な。帰る。こんな女っぽい場所はいづらい。俺は帰るぞ」

「まあまあ。寝違えて首が痛いって、言ってたじゃないですか」

野島とともに早坂の肩を押さえつつ、夕雨子は北野に目配せした。

「——大崎、いろいろ、ありがとうな。友だちの遺体が見つかることを、祈ってるぜ」

北野は、ぐちぐちと文句を言い続ける早坂の体に重なった。瞬間、早坂は「はっ！」と背筋を正した。

「な、なんだ、すごく寒い。すごく寒いぞ。まさか、こんな季節に冷房を入れているのか？」

「風邪でもひいたんじゃないの？　ここのマッサージは血行もよくするから」

野島に押され、早坂はよろけるようにベッドに倒れこんだ。

「それじゃ、おねがいしまーす」

奈々子に言うと、「寒い寒い」と言い続ける早坂をほうっておいて、野島はさっさとブースを出て行く。夕雨子は後を追い、出入り口の前で振り返った。

「奈々子、ちゃんとお別れ、言うんだよ」

奈々子は寂しさの中に、少しの嬉しさを含んだ顔でうなずく。そして、カーテンを閉めた。

野島とともに店を出て、階段を降りた。外は夜の寒気に満ちている。ストールを首に巻こうとして、ふと振り返り、《Tre-Tre》の窓を見上げた。

深まる秋の夜に、淡い黄色の光が見えた。

第二話　スープのアリバイ

1

「本当に、死んじまったんだな」

斎場の前に立てられた【故・岡沢竜造《おかざわりゅうぞう》　葬儀式場】という看板の前で立ち止まると、シンさんは寂しそうにつぶやいた。喪服姿の弔問客たちがぞろぞろと会場へ入っていく。

シンさんは、感慨深げに目をつむる。竜さんとの思い出に浸っているのだろう。そばで夕雨子は何と声をかけていいのかわからなかった。

「そろそろ、行きません？」

無遠慮に、野島が言う。三十代後半にして独身の彼女は、生活リズムが不規則なはずなのにやたらスタイルがよく、喪服姿もきれいだった。だけど、どうも人の気持ちをくめないところがある。

夕雨子が何か言おうとしたところで、

「ああ、悪かった」

シンさんは目を開けた。彼について、式場のほうへ歩きはじめる。いつのまにか、他の刑事たちは、会場に入ってしまっていた。

岡沢竜造警部、通称・竜さんが亡くなったという話が中野署刑事課にもたらされたのは、二日前の昼過ぎのことだった。シンさんとは採用が数年しか離れておらず、長年兄弟のようなコンビとして活動してきたらしい。夕雨子が中野署に採用されたのと入れ替わるようにして、竜さんは警部に昇進し、現場仕事から遠のいた。

警部として捜査の指示にあたる立場になった竜さんだったが、ほどなくしてガンが見つかり、入院生活を余儀なくされることになった。わずか七ヵ月前、「必ず戻ってくるからな、お前ら、気を緩めるんじゃねえぞ」と言って中野署を去ったときの竜さんの顔を、夕雨子は忘れられない。

竜さんの死を署長から知らされたとき、シンさんは表情を少しも変えなかった。だけど、左手の先がぷるぷると震えているのを夕雨子は見逃さなかった。シンさんに刑事課の警察官としてのイロハを教わってきた夕雨子には、シンさんが体の底で悲しんでいるのがわかった。

刑事課の仕事は忙しい。通夜に全員で来るわけにはいかず、刑事課の半分ほどのメンバーが参列することになった。残りは明日の告別式に参列するというわけだ。

他の刑事たちとは離れ、二百ほど並べられたパイプ椅子の、最後部真ん中あたりの席に三人は座った。

夕雨子は子どもの頃から、葬式が苦手だ。もちろんそれは、夕雨子のもつある能力が理由だった。

「ねえ、やっぱりそれ、外したほうがいいわ」

野島が小声で話しかけてくる。それ、というのは、夕雨子の首に巻かれたストールのことだ。たしかにこの場には似つかわしくなく、周りからの視線も気になる。

「野島の言うとおりだ。大崎、外せ」

シンさんも言った。シンさんは、夕雨子がストールを巻いているのは首にあざがあるからだという嘘の理由を信じている。若い娘なんだから仕方ねえ、くらいの想いで、仕事中は許してくれていたが、竜さんの葬儀となれば話は別だろう。シンさんに言われたのでは仕方ない。外したストールを折りたたんで膝の上に乗せ、襟を心もち立てた。シンさんは、夕雨子の首に本当はあざがないことに気づいていないようだった。

しばらくして、読経が中断した。

「それではご焼香に移らせていただきます。前の席のかたから順にご焼香をお願いいたします」

司会者が述べ、最前列の弔問客が立ち上がる。

夕雨子たちの番が来た。焼香台は三つ用意されており、夕雨子たちは同時に焼香をした。

「ああ、シンさん」

棺の脇の親族席から、竜さんの奥さんらしき人が話しかけてくる。

「気をしっかり持つんだぞ、みっちゃん」

「ええ、ありがとうございます。どうぞ、主人の顔、見てやってください。みなさんも、どうぞ」

シンさんに促され、夕雨子は野島とともに棺の前へ足を進める。棺桶の顔の窓の下には、竜さんの顔があるはずだ。だけど夕雨子はそれを見ずとも、竜さんが七ヵ月前とは比べ物にならないくらいに痩せてしまったことを知っていた。

ストールを取ったその瞬間から、祭壇の遺影の前に腰かけている竜さんの姿が見えていたからだった。

「竜さん、お疲れだったなぁ……」

棺桶を覗き込み、シンさんは言った。

「――わりぃな、先に死んじまって」

祭壇の上からの竜さんの言葉が、夕雨子の耳にははっきりと聞こえた。そっちを見てしまうと、姿が見えているのがバレてしまう。

「――隣にいるお前は、名前、何て言ったかな。たしか大崎……大崎夕雨子。相変わらず頼りねえ、女学生みたいだな。ちゃんと刑事できてんのか」

こちらが聞こえてないと思って、言いたい放題だ。

「――手に持ってるのはお前それ、襟巻きだな。まだそんなうす汚ねえ襟巻きしてんのか。こんな場にまで持ってくるんじゃや……、へっ、へっ」

へいくしょん！　と、竜さんはくしゃみをする。夕雨子は思わず見てしまった。くしゃみをする霊なんて初めてだ。

「――本当にこの焼香の煙ってやつはムズムズしていけねえ。俺の葬式にはいらねえって言っとくべきだった……ん？」

夕雨子のほうを見る竜さん。夕雨子は、慌てて棺のほうに顔を戻した。

「――なんだ、大崎」

背中の寒気がずんずん増してくる。

「――まさかお前、俺のこと、見えてるんじゃねえだろうな？」

夕雨子はぎゅっと目をつぶり、必死で我慢した。

「——おい、こら。目を開けろ」

すぐそばで声がして、耐え切れずに目を開け、

「ひっ！」

思わずのけぞった。眼前三センチメートルに、竜さんの、痩せこけた真っ白い顔があったからだった。

「なんだよ？」

シンさんが振り返って咎めるような目を向けていた。親族席の面々も、最前列の弔問客も不思議そうに夕雨子を見ている。

「なっ、なんでもありません。すみません、失礼します」

足早に、式場の後ろへと引き下がり、逃げるように外へ出る。その後ろ姿を、野島友梨香だけがわけ知り顔の目で追っていることに、夕雨子は気づかなかった。

2

斎場の表は後から来た弔問客がいて落ち着かなかったが、ひとたび建物の裏へ回ると、まるで夜そのものが切り取られたようにひっそりしていた。

「——水臭《くせ》ぇやつだな、生前に言えよ、そういうことは」

夕雨子が死者と話せること、寒気と頭痛で日常生活に支障をきたすためにストールをしていることを話すと、竜さんはそう言って笑った。

「だいぶお痩せになりましたね」

夕雨子は一応、気遣った。

「——ああ。最後の二週間くらいは言葉も出せなくてよ。うちのババアがテレビをつけっぱなしで話しかけてくれはするんだけど、手も足も言うこと聞かずに反応ができねえ。死んでからむしろ自由に動けて楽だぜ。今まで見てきたホトケさんたちも、こんな感じだったのかな」

刑事課ならではのブラックな冗談を言いながら、竜さんはカラカラと笑った。夕雨子もつられて、へへへと笑った。

「竜さんみたいに朗らかな幽霊、そんなにいないですよ」

「——朗らかな幽霊か。こりゃいいな」

とまた笑ったあとで、竜さんは不意に、真顔に戻った。

「——おい、俺はずっとこのままか？」

「このままといいますと……」

「——幽霊でこの世に居座るのかってことだよ」

「あ、いえ。この世に未練のない人だと、だいたい体が焼かれる頃に、すっといなくなります。成仏っていうんですかね」

夕雨子が身をもって体験したことではなく、かつて祖母から聞いたことだった。

「——四十九日とどまるって、出入りの坊さんに聞いたけどな」

管内で身寄りのない老人が亡くなったとき、霊安室にお経を上げに来る僧侶のことだった。

「そういう人もいます。でもそれはなんとなくそういうしきたりだから、っていう感覚の人が多いからで、大体の人は自分の死に納得したらいなくなります。『時間が解決してくれる』っていうのは、生きている人だけのことじゃないんです」

そうかそうかそんなもんかと、竜さんは腕組みをしてうなずいた。

「あの、竜さん、もういいですか？　そろそろ戻らないと、みんなにおかしいと思われますから」

「——いや、ちょっと待て」

竜さんは夕雨子の前にぐるりと回りこむ。

「——大崎。俺はこのままだと成仏することができねえ」

「はい？」

夕雨子は竜さんの顔を見た。

「どうしてですか。こんなに盛大に弔ってもらって、何か不満なことがあるんですか」

「——一つ、気がかりな事件を残しちまった。未練ってやつだ。未練があったらお前、この世にとどまり続けていいんだろ？」

「いいっていうわけじゃ……」

嫌な予感がした。話がおかしな方向に行っている。

「——大崎。お前、俺の代わりにその事件を解決しろ」

「な、何を言ってるんですか」

「——まあ聞け。俺とシンさんが十年前に担当した、ラーメン屋の事件だ」

＊

中野区野方《のがた》にあった《岩王軒《がんおうけん》》というその店は、当時、ラーメン愛好家の間で名店として名を馳せ、全国からラーメン作りの修業に来る若者がいるほどだった。店主の船田《ふなだ》岩吉《がんきち》は「スープが命」と標榜する頑固一徹ラーメンおやじとして、雑誌に写真も載るほど業界では知られていた。

事件が発覚したのは十年前の六月十七日、午前七時少し前。出勤してきた池村《いけむら》清之《きよゆき》という従業員が、厨房でうつぶせになって倒れている船田を発見した。慌てて揺すぶったがすでに息はなく、池村はすぐさま店の電話を使って警察に通報した。それで、現場に駆け付けたのが、当時コンビを組んでいた竜さんとシンさんだった。

「——船田は毎日午前三時に店に来てその日客に出す分のスープづくりを一人で始めるという習慣があった」

遠い目をしながら、竜さんは言った。

「——船田が独自に編み出したスープのレシピは船田しか知らず、一番弟子の池村ですら、そこに立ち会うのを許されていなかったんだ」

「厨房にスープはあったんですか？」

夕雨子は訊ねる。

「——ああ。厨房の寸胴の中にしっかりと。池村や後からやってきた弟子たちがその味を確認して『完璧にできている』と証言した。前日のスープは使い切ってしまっていたから、船田が殺されたのはスープの仕込みが終わってからということだ」

具体的には、四時くらいから、池村が発見した七時までのあいだであろうということだった。

「——前日の売り上げは店の中の金庫に入れたままにしておいて、翌日の午前中、店を開ける直前に船田自身が銀行に預けにいくことになっていた。ところが金庫からはその売り上げがごっそり持ち去られていた」

「っていうことは、強盗ですか」

「──その線で初めは考えたんだが、どうも据わりが悪《わり》い。《岩王軒》はセキュリティシステムなんかまったくないボロい店だ。金庫に売り上げがあるのを知ってるなら、鍵でも壊して入れば簡単に盗れるのさ」

「金庫にロックがかかっていたんじゃないですか。船田さんにそれを解除させて殺害するために、明け方を狙ったのかも」

「──ロックなんざかけられてなかった。金庫って言っても、片手で持ち歩けるくらいの小さいやつでな、ボタンを押せばすぐ開くようになってたんだ」

ずいぶん、不用心だ。

「──俺とシンさんは、金庫のことを知っている内部の人間がやったんじゃないかと考えた。売り上げが目的なら何も殺しなんかする必要はなく、留守の夜中に侵入すりゃいいだけのことだ。むしろ強盗に見せかけて、船田の命を狙うことが第一の目的だったように思えてな」

「怨恨ですか」

「──そうだ。聴取を進めたら、怪しいやつがすぐ見つかった」

竹垣奈津夫《たけがきなつお》というのがそいつの名だ、と竜さんは言った。

当時二十九歳だった彼は、職を転々とした後、ラーメン店を開くことを夢見て《岩王軒》に弟子入りした。ところが修業の厳しさと、なかなかスープづくりを教えてくれない船田に痺れを切らし、事件から半年ほど前のある日、客が見ている前で船田と大喧嘩をして店を飛び出したのだという。

「――おれとシンさんは早速、竹垣を訪ねた。あいつは《岩王軒》を飛び出した後、日雇いの工場バイトで食いつないでいた。事件のことを話すと驚いたような顔をしていたが、『俺はもうラーメンには未練はないんです』と寂しそうに笑ったんだ」

「事件当日のアリバイはあったんですか？」

「――ああ。竹垣は当時、軽部《かるべ》京子《きょうこ》という女と付き合っていたんだが、その軽部の部屋に未明に酔っ払って押しかけ、朝まで怒鳴り散らしていた」

「それは、身内の証言、っていうことにはならないんですか？」

もしそうなら証拠能力はほとんどない。

「――軽部の証言だけならそうなるだろう。だが、隣の部屋に住む大学生が、朝まで喧嘩の声が聞こえていたと証言している。ときどき、ずしんと響く音もしたとな。音声だけなら録音したものを使えるが、壁を響かせるのは無理だ」

「軽部さんが響かせたのかも」

「――俺たちもいろいろ考えたが、わざと音を立てたことを立証するのは無理で、竹垣を捜査対象から外さざるを得なかった。そして、事件は迷宮入りってわけだ」

「それは、残念でしたね。そんなに前の事件なら、私にお手伝いできることは……」

「——おいおい、勝手に話を終わらせようとするんじゃねぇ」

竜さんはぐいっと、夕雨子の眼前に移動してくる。夕雨子は思わずのけぞる。

「——俺の頭の中は、竹垣奈津夫への疑惑でいっぱいなんだ。その根拠を、病床で見つけたんだからな」

「根拠を病床で？　ベッドからずっと降りられなかったんですよね」

「——うちのババアが、始終テレビをつけてたって言ったろ。夕方のニュースで、新進気鋭のラーメン屋特集ってのをやってたんだ。そこに、竹垣の奴が出てきやがったんだ」

世田谷区経堂《せたがやきょうどう》にある《麺匠《めんしょう》なつお》というラーメン屋の店主として竹垣はテレビに映っていた。その店は今や、開店前から行列ができるほどの人気店となっているらしい。

「『もうラーメンに未練はない』って言ってたんじゃないんですか」

「——それが大ボラだったんだ。俺の筋読みはこうだ。船田がスープの作り方をどこにも書き記していないと言っていたのは嘘で、やっぱりレシピノートをつけていた。竹垣は船田を殺してそれを盗んだんだ。そして十年間、ほとぼりが冷めるのを待って、そのスープをもとに自分の店を開いた」

「まさか……」

「——船田が死んだあと、《岩王軒》の弟子たちは離散し、店はつぶれちまった。もう比較できる店は残っちゃいねえ。あの味を誰もが忘れたころ、同じスープの店を出したら流行るのは目に見えてるだろうが」

たしかに。夕雨子の中で、竜さんの推理がだんだん信憑性を増していく。

「——大崎。お前、シンさんと一緒にもう一度あの事件を洗いなおせ。必ず、竹垣の犯行を明るみに出すんだ」

「あの、お言葉ですが」

「——なんだよ、まだなんかあるのか」

「シンさんはもう、現場捜査はしません。腰がいよいよ悪くなってきてしまって」

竜さんは驚いたような顔をした後で、「そうか」と寂しそうにつぶやいた。

「——年取ったもんだな、俺もシンさんも……。しかし、ってことは大崎、お前、今、新しい相棒がいるのか」

「あ、こんなところにいた」

建物の陰から、野島が顔を出した。

「よくこんな薄暗いところに一人でいられるわね。まあ、一人じゃないんだろうけど」

夕雨子が手に持っているストールに目をやりつつ、野島はにやりと笑った。

「いるんでしょ、竜さん」

「ええと……」

「――ほう。お前の能力を知ってるのか。ああ、なるほどわかったぞ。この気の強そうな女が、新しい相棒だな」

さすが竜さんは察しがよかった。

「――女同士のコンビなんて、珍しいな。いや、犯罪者を油断させるにはいいのかもしれねえ。藤堂のやつも考えたもんだ、お似合いだよお前ら。よし、明日から早速お前らで捜査しろ。経堂の《麵匠なつお》だ」

「何の理由もなく過去の事件を引っ張り出すのは……」

「――ガタガタ言うな。事件が解決するまで成仏してやらねえからな！」

それパワハラですよ、というセリフを、夕雨子は飲み込んだ。ぐいっと野島に肩を摑まれたからだった。

「面白そうじゃない。やりましょう」

竜さんの声は聞こえていないはずだが、夕雨子の言葉から何が起こっているのか、察したようだった。

3

夕雨子は最中《もなか》にかじりついた。子どもの頃から何百個と食べてきているこの最中の甘みも、夕雨子の気分を向上させてはくれなかった。口の中がぱさぱさになる。せめてコンビニでパック入りの牛乳でも買ってくればよかった。

「なんで最中なんか食べてるのよ?」

シンさんの席に腰かけた野島が文句を言った。午前七時半。夕雨子はこの時間に来るように昨晩野島に命じられた。早坂をはじめとした当直担当三名は、夕雨子たちが来るなり「お疲れ」と帰宅していった。

「朝ごはんですよ。こんな早くから呼び出すんですから」

「実家の和菓子屋の最中?」

「はい」

「私も朝食まだなのよ。一個、ちょうだい」

野島は手を差し出した。まったくもうこの人は、と思いつつ、最中を一つその手に載せる。

「なにこれ、なんで爪楊枝が刺さっているの?」

包み紙を開けた野島は顔をしかめる。最中のど真ん中に、短い爪楊枝が刺さっているのだった。

「うちの看板商品、『とげぬき最中』です。体の悪いところを取り除いてくれるように願いながら、爪楊枝を抜くんです」

「あっそう、願掛けね」

野島は爪楊枝を抜いて最中にかぶりつく。

「美味しいじゃない」

「ありがとうございます」

「早く、資料を出しなさい」

夕雨子はパソコンを操作し、過去の事件資料データベースにアクセスした。中野署刑事課が取り扱った事件がすべて入っているデータベースだ。十年前のファイルに、「野方・ラーメン店殺人事件」のタイトルはすぐに見つかった。二人分、プリントアウトする。

「なるほどね」

五分ほど読み込んだあとで、野島は言った。

「寸胴が載ったガス台は、遺体が発見された時にも火がついていた。厨房には熱気がたちこめていて、遺体の状態からは正確な死亡推定時刻が絞り込めなかった。それで、スープのでき具合から犯行時刻を四時から七時のあいだと割り出したってわけか」

「野島さん。本当にこの事件を洗いなおすつもりですか？」

「今さら何言ってんのよ。お世話になった上司の最後の望みでしょ？」

ストールはしっかり巻いているものの、背中に一筋の寒気を感じた。これは早朝の寒さではない。そばに、竜さんがいる。

「棒葉《しんば》山・女子小学生失踪事件」

黙っていたらいきなり言われたので、夕雨子は飛び上がりそうに驚いた。

「十三年前に群馬県の棒葉村で行われた子どもキャンプの最中、山歩きをしていた女子小学生が二人はぐれた。捜索の結果、一人は発見されて助かったけれど、もう一人は行方不明。その、助かったほうっていうのが、大崎、あんたね？」

「……調べたんですか」

「そうよ。行方不明になったほう——たしか、荒木《あらき》公佳《きみか》って名前だったけれど、大崎の友だちだったんでしょ」

公佳ちゃんの顔が浮かんできた。

兄とは真逆で引っ込み思案だった夕雨子は、小学生の頃、学校で友だちができなかった。心配した両親が見つけてきたのが、とあるＮＰＯが主催する子どもキャンプだった。群馬県の棒葉村のキャンプ場で、都内から参加する子と地元の子が共同生活を送りながら交流を深めるという目的のそのキャンプで知り合ったのが、公佳ちゃんだった。一つ年上だった彼女は、夕雨子の話を聞いてくれた。夕雨子が生涯で初めて得た、友だちと呼べる相手だった。

三日目の山歩きのとき、夕雨子と公佳ちゃんはおしゃべりをしながら最後尾を歩いていたが、話に夢中になっているうちに他の人たちとはぐれてしまった。そのまま道もわからなくなり、雨も降ってきた。雨をしのげる岩場を見つけ、二人はそこで励まし合っていたが、夕雨子は途中で眠くなってしまい——あとは、野島が調べてきたとおりだった。

「荒木公佳の遺体を探す。それが、大崎が警察官を目指した理由ってわけね？」

「……はい。でも」

「所轄の刑事じゃ、群馬県警の情報は得られない。そうでしょ」

何でもお見通しというわけだった。

「なんで警視庁で採用試験を受けたのよ？」

「警察の仕組みとか、よくわからなくて。都道府県単位でこんなに縦割りだとは」

野島はあきれたような顔をしたけれど、夕雨子の肩を叩いた。

「いずれにせよ、未解決の事件に悩んでいる人の気持ち、大崎にはわかるんでしょ。

だったらこの事件も、もう一回洗いなおさなきゃいけないいんじゃない」

「……はい」

なんだか丸め込まれたようだった。

「よし決まり。もう文句は言わないこと。で、提案なんだけど、やっぱり担当者のシンさんに話を聞いたほうがいいんじゃない」

「いきなり事件を引っ張り出したら、なんでだ？　って怪しまれますよ」

「言っちゃえばいいじゃない。あんたには幽霊が見えること」

「ダメです」

夕雨子は頑なに否定した。

「あんまり知られたくない能力だし、シンさんに迷惑はかけられないんで」

「ふーん」

野島は興味なさそうに答えると、再び資料に目を落とし、「ん？」と疑問符の付いた声をあげた。

「この写真、どこか違和感がない？」

現場である《岩王軒》の客席側を、厨房から撮影した写真だった。カウンター数席に、二人掛けのテーブル席が二つと、決して広い店ではない。にもかかわらず、壁には棚があり、起き上がりこぼしの人形や、木彫りの熊、瀬戸物の狛犬などが飾られている。

「こんな狭い店内にしては、飾り物が多すぎるってことですか？」

「違うわよ、そんなのはお店の自由でしょ。そうじゃなくて、狛犬の位置」

「位置ですか？」

棚の上の置物は整然と並べられている。その一番端の狛犬が、一方は相手のほうを向き、もう一方は厨房のほうを向いているのだった。

「狛犬って、向き合ってるか、二匹とも正面を向いてるかのどっちかじゃない？　一匹が相手のほうに向いてて、もう一匹がこっちを向いているなんていう置き方、ある？」

「ああ、まあ、変ですけど。こういう置き方もあるんじゃないですか。それか、掃除のときに一度どかして、戻すときにこうなっちゃったとか」

やることは豪快で突拍子もないくせに、変なところに細かい。

そのとき、「お、早いな」と声がした。入ってきたのはシンさんだった。夕雨子は慌てて資料を机の下に隠す。

「おはようございます。今日は竜さんの告別式に参列するんじゃなかったんですか」

「だから、午前中にやるべきことをやっとかなきゃと思ってな。それより大崎、何を隠した？」

「何でもないです」

「これですよ」

野島は持っていた資料をあっさり、シンさんに見せてしまう。

「野島さん！」

「ん？　野方の《岩王軒》の事件じゃねえか」

シンさんは顔を歪めた。

「覚えていますか？」

「忘れるもんか。俺と竜さんが手がけた中で、ホシが挙がらなかった数少ねえヤマだ」

竜さんとのコンビ時代を思い出してか、普段はあまり使わない古い刑事用語が出ている。

「これがどうしたんだ？」

「じ、実は、ある筋から、この事件に関わった竹垣奈津夫という男が、最近ラーメン屋を開いたというタレコミがありまして」

野島が余計なことを言う前に、夕雨子は口を挟んだ。

「シンさんのお手を煩《わずら》わせてはいけないと思い、私と野島さんで洗っていたんです」

「ある筋ってなんだよ、ある筋って」

「それは……ある、すじ、ですよ」

「普通、俺に言うだろうが。担当したのは俺なんだから」

野島から渡された資料に、シンさんは目を落とす。

「思い出したぞ、竹垣奈津夫。事件の半年前にガイシャの店主と揉めて店をやめた男だ。『ラーメンには未練はない』って言ってたはずだが、そいつがラーメン屋を開いたってのか？」

資料を睨みつけてしばらく考え込んでいたシンさんだが、「よし」と顔を上げた。

「大崎、車を出せ。竹垣の店に行くぞ」

「はい？」

「竜さんはずっと竹垣を怪しんでいた。だがその頃は他にもたくさん事件が起きて手いっぱいで、証拠不十分のその事件は放っておかざるを得なくなった。このタイミングで新たな情報が入るなんて、『俺が成仏する前に事件を解決しろ』って竜さんに言われてるみたいじゃねえか」

実はその逆で、「事件が解決するまで成仏してやらねえ」ってすごまれたんですけどね――とはもちろん言えなかった。

「どうせお前らも今から行くつもりだったんだろうが」

「当たり前ですよ」

やけに威勢よく野島が返事をした。

「面白くなってきたわね」

夕雨子は全然面白くなかった。

4

経堂の《麺匠なつお》に到着したのは午前八時半のことだった。開店はしていないが、店内からは人の気配がする。曇りガラスの引き戸を開く。カウンター数席と、四人用のテーブル席が二つあった。厨房では三人の男性がせわしなく下準備をしている。

「すみません、十一時からなんですよ」

出入り口に最も近い位置にいる若い男が言った。

「警察ですが、少しお話をうかがえますか」

代表して野島が警察手帳を見せる。男は「えっ」と目を見張るなり、厨房の奥を振り返り、「店長！」と叫ぶ。

ほどなくして、奥からタオルで手を拭きながら、四十歳がらみの男性が出てきた。少し老けているが、資料で見た竹垣奈津夫に間違いなかった。

「警察の方？　いったい、何ですか」

男は迷惑そうにしていたが、野島と夕雨子の背後にいるシンさんの顔を見て、はっとした。

「久しぶりですな。十年ぶりです」

捜査の時にはどんな年下の関係者にもゆったりした敬語を使うのがシンさん流だ。やましいことがある相手には、この低音の響きが心を揺さぶるらしい。

「自分の店を開いたと聞いたんで挨拶に伺ったまでです。なかなかいい店だ。盛況だそうで何よりです」

「おかげさまで」

「だが竹垣さん、十年前にお話を伺ったとき、『ラーメンには未練はない』と言っていませんでしたか。それがどうしてまたお店を始める気に？」

「それは……、気が変わったんですよ」

「ほう……」

明らかに疑惑のこもったその声色に、竹垣はいらいらしたようだ。

「なんだっていうんですか。まさか、まだおやっさんの事件を？　俺は関係ないということになったでしょう」

「いやいや、単純にあなたのラーメンが食べたくなっただけですよ。やはり船田さんのラーメンに味が似ているんでしょうなあ」

竹垣は黙ったまま、シンさんを睨みつけている。刑事課にいると、こういうピリピリしたシーンによく出くわす。夕雨子はこういうのが苦手だ。

「店長、もう煮卵やっちゃっていいですかー！」

厨房から、さっきとは違う店員が叫んだ。竹垣は振り返り、「ちょっと待て」と制する。

「刑事さん。今は見ての通り開店準備で忙しいんです。後でまた来てもらうわけにはいきませんか。四時にはいったん客足も落ち着いてくると思います」

「四時か。ずいぶんと人気のある店なんですね」

肩をすくめるしぐさを見せると、シンさんはくるりと踵を返し、がらりと引き戸を開けて出ていく。

もういいの？　と思いつつ野島を見ると、店の内装をきょろきょろと観察していた。

「野島さん、行きましょう」

「あ、そう」

竹垣に頭を下げ、野島と二人で店を出ると、シンさんはすでに数メートル先を歩いていた。

「シンさん！」

夕雨子と野島は追いついた。

「いいんですか、逃げちゃうかもしれません」

「あれだけ忙しくて、逃げるわけないでしょうが」

野島が鼻で笑った。まったくだ、とシンさんも笑って同意する。

「この後どうするつもりですか、シンさん？」

「もう一人の関係者を引っ張り出す」

引っ張り出す、というのがどういう意味か、夕雨子はわからなかった。

＊

池村清之の住まいは杉並区の和泉にあった。周囲に比べて古いアパートの部屋の戸を叩くと、四十歳くらいの女性が出てきて、池村の妻だと自己紹介をした。

池村は近くの建設事務所に勤めていて、今日は現場に出ているはずだと言った。

そこは、アパートから車で十分とかからないマンション建設現場だった。囲いの外にいる警備員に話を通してもらうと、池村はすぐに出てきた。無精ひげのこわもてで、がっちりした体格。黒いトレーナーと作業用ズボンを身に着けていた。

「どうしたんですか、今さら」

彼もまた竹垣同様、シンさんの顔を覚えていた。過去の事件で自分が疑われているのではないかと警戒しているのが明らかな表情だった。

「事件について、新たな情報がありまして。池村さんは、この十年間、どうなさっていたんですか」

「あのあと一度、自分でラーメン屋を開いたんですよ」

池村は、目を伏せた。

「でもダメだった。俺には向いてなかった。店は一年でつぶれました。以来ラーメンはすっぱりあきらめ、こうして建設現場で働いていますよ」

話しながらリラックスしてきたのか、ひげ面の顔に笑みが浮かんだ。

「せめてあのときに船田のおやっさんがスープのレシピを教えてくれていたら、ラーメンを続けられたかもしれませんがね……」

そう言ったあとではっとしてシンさんの顔を見る。

「だからって、それで恨んでおやっさんを殺したわけじゃないですよ」

「いや、池村さんを疑ってるわけじゃない。それより、竹垣奈津夫がラーメン屋を開いたことを知っていますか？」

「えっ？　あいつがラーメン屋を……」

「場所は世田谷区の経堂です。すっかり人気店だそうですよ。どうですか、一緒に行きませんか？」

「私がですか？」

「味わってみたくはないですかな、竹垣のスープを」

黙ってシンさんの聞き込みを見ていた夕雨子ははっとした。ようやく、シンさんの意図がわかったからだ。

シンさんは池村に《麺匠なつお》のスープの味を確認させたがっているのだ。その味が船田岩吉のスープに似ていたら、竹垣奈津夫が船田を殺害してレシピを盗んだという筋読みが真実である可能性が高くなる。もちろん逮捕の決め手にはならないけれど、確認する価値はあるはずだ。

引っ張り出す、という言葉の意味もわかった。野島を見ると、その口元に笑みが浮かんでいる。きっと彼女はずっと前から、シンさんの意図に気づいていたのだろう。

「お供します」

池村ははっきりした口調で答えた。

「ただ、今仕事を抜けるのは無理なんで、一時間ほど、お待ちいただけますか」

「結構です。開店は十一時だそうですからな」

5

池村を連れて再び《麺匠なつお》に戻ってきたのは、午前十一時すぎのことだった。店は、大通りではないが車が頻繁に通る道に面している。白線の内側に沿うようにして、二十人ほどの行列ができていた。

「思ったよりすごいな」

シンさんがつぶやく。

「テレビでも紹介されるくらいですからね」

「まどろっこしいわ。横入りさせてもらえないか交渉してくる」

「ダメですよ、ちゃんと並ばないと」

出入り口へ向かおうとする野島の腕を、夕雨子は引っ張った。

「それが、他のお客さんへの礼儀です」

「何よ大崎」と夕雨子の顔を睨みつけたあとで、「あんたもこういう店、よく行くわけ？」と野島は訊ねた。

「ラーメンは一人じゃ食べに行かないです。でも、人気のカフェならこれくらいは並びますよ」

「刑事がカフェなんかに行くんじゃねえ」

シンさんが吐き捨てるように言った。

「刑事ってのはな、犯罪者の出入りしそうなところに常日頃気を張っておくもんだ。雀荘、パチンコ屋、競艇場、休日もそういうところに出入りして犯罪者心理を勉強しとくもんだ」

お世話になっている上司だけど、こういう古い考えには夕雨子は納得しかねた。そもそもそういう場所に犯罪者が出入りしているっていうのが偏見な気がする。

「そういった意味じゃ、カフェはアリかもしれませんよ」

意外にも、野島がそんなことを言った。

「今じゃ、ノートパソコン一つあればネット犯罪ができる時代だから。カフェから仮想通貨運営業のシステムをハッキングして、ごっそりデータを盗み取ることだってできる」

夕雨子に味方する発言かと思えば、この人の頭の中はいつもこういう事件のことで溢れている。

「野島よ。そういうのは本庁の捜査二課の仕事だ。お前はもう、所轄の一刑事なんだからな」

皮肉っぽくシンさんが言うと、野島は少しむっとしたような顔で口をつぐんだ。池村は刑事たちの話を聞いているのかいないのか、《麺匠なつお》の看板をじっと見ているだけだった。

そのまま三十分ほどが経過し、ようやく次に入れるというところまできた。

灰色のワンボックスカーがやってきて、行列のすぐそばに停車する。車体には《パソコン回収のマーキス》というロゴがあった。運転席から降りてきた作業服姿の男性が、「ちょっとごめんなさいよ」と夕雨子たちを押しのけ、引き戸を開ける。同時に数人の客が出てきた。

「すみません、《マーキス》ですが！　急だったんでこんな時間になっちゃって」

表まで響く大声だった。奥から竹垣がやってきて、「はい、ごくろうさまです」とメタリックシルバーのノートパソコンを手渡す。こんな忙しい時間にパソコン回収を頼まなくてもいいのにと夕雨子は不思議に思う。

「じゃ、失礼しまーす」

受領書を渡し、回収業者は車に戻ると、すぐに去っていった。

「おや」

竹垣は大崎たちに気付いたようだった。さらに、池村のほうに目を向ける。

「池村さん……」

「久しぶりだな」

「ええ」

竹垣は、気まずそうな顔をしている。

「お前がラーメン屋だなんてな。おやっさんに一番どやされていたくせに」

「俺だって一生懸命自分の味を追求したんですよ。ちょうど、四人席が空きましたので、どうぞ」

調理をしているので、外より温度も湿度も高い。コートを脱ぎ、迷ったけれどストールも外した。寒気はいつもより感じなかったが、向かいに座ったシンさんの背後にしっかりと、竜さんが現れた。ただじっと、四人の様子を見ている。

注文し、言葉少なに待っていると、十分もしないうちに四杯のラーメンが竹垣自身によって運ばれてきた。厨房に戻ろうとする竹垣の腕を、ぐいとシンさんが掴む。

「なんですか」

「一口食べるまでここで待っていてくださいませんか。感想を言いたいのでね」

有無を言わさぬ刑事の目線だった。背後の竜さんが口元に笑みを浮かべる。

シンさんは割り箸を取ることもなく、池村のほうを見た。夕雨子も野島も、シンさんに倣う。池村はレンゲを取り、スープをすくい上げた。醤油ベースの色だが、脂が多いようにも見えた。池村はスープを口に含んだ。しばらく味わっていたが、やがてシンさんに足止めされている竹垣のほうへ顔を移した。

「竹垣、てめえ！」

弾かれたように立ち上がり、池村は右手で竹垣の襟首をつかんだ。シンさんが割り込もうとするが、筋肉質の池村に弾き飛ばされ、派手な音を立てて隣のテーブルの椅子の背もたれにぶつかる。

「な、なんですか、池村さん」

「おやっさんのスープを、盗んだな!?」

竹垣はすでに店の奥に積まれた麺の箱に背中を押し付けられていた。野島と共に夕雨子は、池村の体を竹垣から引き離そうとするが、池村の怒りは静まらなかった。けっして広くないその店の客たちの顔が、こちらに向けられている。

「誤解ですよ、そんなことするわけないでしょう」

「じゃあなんでこんなに味が似ている？　おい、三年もおやっさんの下で働いた俺をごまかそうったってそうはいかねえぞ。何年経ったって、この舌があのスープの味を忘れるわけはねえんだ！」

「やめなさいって！」

野島がようやく、池村を引きはがした。

「それ以上やると、池村さんのほうを逮捕しなきゃいけなくなります」

夕雨子の言葉に、池村はようやく平静を取り戻したようだった。だがその目に宿った竹垣への疑惑の色は、少しも薄くなっていない。

「お客さんの前で変な言いがかりはやめてくださいよ、池村さん」

乱れた襟元を直しながら、竹垣は薄ら笑いを浮かべた。

「俺だって少しの間、《岩王軒》で修業した身です。あの味にあこがれるのは当然でしょう。この十年、研究に研究を重ね、ようやくあの味にたどり着けたんですよ」

「嘘だ。この味はおやっさんだけのものだ！　なぜだ……なぜ、俺にも教えてくれなかったこの味を、お前が出せるんだ」

「やっぱり、レシピノートみたいなものがあったんじゃないの？」

野島が口を挟んだ。

「船田さんの死後、あんたはそれを手に入れた。すぐに店を出すとレシピを盗んだことがわかってしまうからあいだを空け、過去の味を皆が忘れたころに満を持して開店した」

「馬鹿なことを！」

竹垣は野島の説を否定する。

「おやっさんはスープのレシピをどこにも書いてなかった。『信用できる弟子ができたら、口伝する。あとは体で覚えてもらわなきゃいかん』とか言ってな。頑固なおやじだったよ」

尊敬の念の感じられない口調だった。夕雨子は問うように池村を見つめる。彼は相変わらず竹垣を睨みつけていたが、やがて、

「ああ……」

とあきらめたようにつぶやいた。

「『スープの作り方は俺の頭の中だけにある』。何度聞いても、それしか言ってくれなかった」

「そういうことです」

竹垣は満足そうに言って、野島を見た。

「これ以上妙なことを言ったら、営業妨害で訴えます」

「――おい！」

男性の怒鳴り声がして、夕雨子はびくりとした。だが、周囲の誰も反応していない。一瞬遅れて、自分だけに聞こえる声なのだとわかった。

「――おいこら、大崎。先輩を放っておくんじゃねえ！」

竜さんはさっきとまったく同じ位置に立ち、しきりに足元を指さしている。そこには、シンさんがうずくまっていた。

「し、シンさん！」

夕雨子はそばに飛んでいき、その背中に手をやるが、シンさんは顔を歪め、「いち

ち……」とうめくだけだった。腰に当てられた両手は、ぷるぷると震えていた。

6

急いで病院へ運ぶと、シンさんはぎっくり腰と診断された。

「――お互い、年を取ったもんだな」

大事を取って病院に一泊することになったシンさんを見下ろし、竜さんは寂しそうに笑っていた。

シンさんを弾き飛ばした池村は、竹垣にすごんだのと同じ人間とは思えないほど恐縮していたが、それ以上引きとめるわけにもいかず、仕事場であるマンション建設現場に送り届けた。

そして捜査はふたたび、二人（と幽霊一人）に戻ったわけだった。

「とりあえず、竹垣のアリバイをもう一度確認してみましょう」

野島の提案で、事件資料にあった竹垣奈津夫の元交際相手、軽部真澄に夕雨子が電話をかけることになった。軽部が電話に出なかったので、当時住んでいたアパートの大家に電話をかけると、七年前に結婚して引っ越していたことがわかった。

目黒《めぐろ》区洗足《せんぞく》にあるその住まいは、庭付きの一戸建てで、表札には「重岡《しげおか》」とあった。インターホンを押し、警察だと告げると、玄関扉を開けて一人の女性が出てきた。


「――おお、この女だ。見覚えがあるぞ」

竜さんが嬉しそうに言うが、夕雨子は無視した。

「警察の方が、何のご用でしょうか」

不安げに訊ねるその顔はたしかに、十年前と比べると太っていたが、資料の写真にあった軽部真澄に間違いなかった。

「十年前、中野区の野方で起きた、ラーメン店経営者の殺人事件について調べています」

その言葉を聞くなり、彼女の顔は曇った。

「今さら、何も話すことはありません。そもそも私はあの事件については関係ないんですから」

「それはわかっています。ですが、少しだけお話を伺わせてもらえませんか？」

真澄は、夕雨子と野島の顔を見比べていたが、

「女性二人で来ることもあるんですね」と言った。

「どうぞ、中へ」

十二畳ほどの広さのリビングだった。ギャッベという敷物に、派手すぎないソファ

ー。テレビは五十インチだろうか、夕雨子にはかなり大きいものに見えた。サイドボードには洋酒が何本か並んでいる。壁に家族写真が飾られていて、六歳くらいの男の子が一人いることがわかった。

「──ひゃあ。十年前とはずいぶん暮らしぶりが違うじゃねえか」

見えていないのをいいことに、竜さんはきょろきょろしながら、無遠慮な大声を出す。

「──絵にかいたような玉の輿だぜ。なあ、大崎」

答えるわけにもいかず、夕雨子は軽くうなずいた。

「どうぞお座りください。紅茶でいいかしら」

真澄の表情は、玄関で出迎えたときより柔らかくなっていた。

「おかまいなく。すぐ終わりますから」

「そうですか」

夕雨子と野島はソファーに座り、二人から見て左側の位置に、京子も腰かけた。

「さっそくですが重岡さん、事件があった当時、あなたは竹垣奈津夫さんと交際されていましたね」

野島が訊ねた。

「……ええ」

「犯行時刻は午前四時から七時のあいだとされています。その時間、竹垣さんはあなたのお部屋にいらしたということですが」

「はい。やってきたのは三時半くらいで、彼は酔っているようでした。たたき起こされた私が文句を言うと、大声を張り上げて抗議し、私が止めようとしてもやめなかったんです。やがて彼は疲れてしまったのか、床に仰向けになっていびきを立てはじめました」

「それは何時ごろですか?」

「はっきり覚えていませんが、もうすっかり明るくなっていました。六時は過ぎていたと思います。七時半に私が仕事に行くときはまだ寝ていました」

資料に記録されている証言とほぼ同じ内容だった。

「竹垣さんが深夜に押し掛けてくることはそれ以前にもあったのですか?」

「酒癖はずっと悪かったのですが、酔って家に押し掛けられたのはあのときが初めてです。それ以来、何度か同じことが。暴力もどんどんひどくなって……今となっては、なんであんな男と交際していたのか、わかりませんよ」

真澄は首を振った。たしかに今のこの生活を見れば、竹垣よりだいぶ条件のいい男性に嫁いだことは明らかだと、夕雨子は心の中でうなずいた。

「――竹垣と別れたのはいつか聞け」

夕雨子と野島のあいだに、突然、竜さんが顔を出したので夕雨子は「ひゃっ」とのけぞった。

「なんですか？」

真澄の、変人を見るような目が痛い。

「いえ、なんでもありません。ええと、竹垣さんと別れたのはいつのことでしたっけ？」

ごまかしながらの夕雨子の問いに、京子は思い出すような目つきになる。

「事件があって、三ヵ月くらいしたあとですね」

「その後、今の旦那さんとお知り合いになったんですね」

「ええ、竹垣と別れて半年後、両親の勧めでお見合いをしまして」

「そのまま結婚されたんですか」

「ええ」

「お幸せそうですね」

「幸せです」

「――ま、そうだろうな、あんなやつよりはな」

遠慮のない竜さんの言葉。しかし夕雨子にも、嘘はないように思えていた。慣れてきたのか、真澄は自分から言葉を継いだ。

「正直を申し上げますと、もう竹垣のことは思い出したくないんです」

「そうですよね、失礼しました」

野島が立ち上がる。

「帰るわよ、大崎」

「えっ、もういいんですか」

「早く」

急き立てられるように、夕雨子は京子の家を後にした。

7

「――なんだか場違いじゃねえか、俺」

竜さんはきょろきょろしながら居づらそうに言った。

「いいんですよ、誰にも竜さんの姿は見えていないんですから」

「――だからってよ。何もこんな店を選ばなくったっていいじゃねえか」

重岡京子の家を出た頃、時刻は三時を過ぎていた。《麺匠なつお》でラーメンを食べ損ねていたので夕雨子は空腹がピークになっており、野島も同じ様子だった。「どこでも大崎の好きなところに入って腹ごしらえをしよう」というので、駐車場の近くにあったカフェに入った。

　店内は北欧風の家具で統一されていて、女子大生のような若い女性客ばかりがお茶をしていた。照明も壁のインテリアも落ち着いていてどことなくかわいくて、夕雨子の好みだった。ランチメニューは午後四時まで注文可能で、夕雨子と野島は日替わりランチプレートを頼んだ。ライスと一口大のチキンソテー、サラダにキャロットラペがついている。

「――シンさんの言うとおりだ、刑事がカフェなんかに行くもんじゃねえな」

　ぼやき続ける竜さんにはもう答えず、夕雨子はランチプレートのサラダを口に運ぶ。

「酸っぱいね、このドレッシング」

　野島は顔を歪める。

「刑事がこんなカフェで昼食なんか取るもんじゃないわ」

　満足しているのは夕雨子一人のようだった。気まずさを払拭するように事件の話に戻す。

「野島さん。さっきの重岡京子さん、竹垣さんに協力して嘘を言っているようには見えなかったんですけど」

「そうね。十年も前に別れた最低男のアリバイを、いまだに偽証してやる義理はないわ」

言いながら野島は、プリンのような形に固められたライスを、スプーンで半分くらい切り崩した。

「――竹垣はやっぱり、ホンボシじゃねえってことか」

「竹垣さんは、無実ってことですか」

なんだか竜さんの通訳みたいだなと思いながら夕雨子が訊ねると、

「それは違う」

野島はきっぱりと否定した。

「竹垣が彼女の部屋に押し掛けたのは、あの日が初めてだって言ってた」

「――それがどうした？」

「それがどうしたんですか？」

「竹垣はアリバイを利用したの。やったのは彼よ」

「――わけがわかんねえな。アリバイの偽証はなかったんだろ？」

「アリバイの偽証はなかったって、今言ったじゃないですか」

「竹垣が利用したのは自分のアリバイじゃない。スープのアリバイよ」

「――スープのアリバイだと？」

竜さんが顔をしかめた。

「――どういうことだ。大崎、さっさと訊け」

「どういうことですか、スープのアリバイって？」

「犯行時刻が四時から七時とされた根拠は、船田の遺体の検視結果ではなく、スープが完璧にできていたという事実でしょ？」

夕雨子はフォークを置き、事件資料を取り出す。

「たしかに。事件当日、船田さんが自宅を出たのは午前二時半だと奥さんが証言していて、《岩王軒》まではどんなに自転車を飛ばしても三十分かかります。船田さんはいつもどおり三時から店で一人でスープづくりを開始したと考えられ、煮込み始めるまでの状態にするには一時間はかかる、となっています」

「もし、船田が店に来た三時の段階で、スープができていたとしたらどう？」

「――そりゃ、ありえねえだろ」

また竜さんが先に言う。

「そうですよ。スープの作り方は船田さんしか知らなかったんですよ？」

竜さんの声が聞こえていない野島には「そうですよ」の意味がわからないのだと気づいたのは直後のことだった。

「その前提が違っていた可能性もある」

野島は気にする様子もなく続けた。

「竹垣はそれ以前にスープのレシピを盗んでいた。そのまま店を出せば船田にレシピを盗んだことがばれてしまうから船田を殺すことにし、その計画にスープを使うことにしたのよ。勤めていた時にひそかに作っていた合鍵で二時かそれ以前に店に忍び込み、スープを先に作っておく。そして、三時に店にやってきた船田を絞め殺し、物盗りの犯行に見せかけるためにお金を取り、交際相手の軽部京子の部屋に向かった」

「——なるほど。それなら三時半に軽部のアパートに行くことは可能だ」

竜さんが同意する。

「——船田しかスープを作れないという弟子たちの証言を鵜呑みにした俺たちは、逆算して犯行時刻を四時以降と考えた。船田が店に来る前にはスープはなかったはずだという先入観。たしかに竹垣はスープの不在証明《アリバイ》を利用したってことになる。大崎、お前の新しい相棒、なかなかやるじゃねえか」

「でも……」

どちらに言うとでもなく、夕雨子は口を開いた。

「それを立証するにはレシピがあったことを証明しなきゃいけませんよね」

「やっぱり船田はどこかにレシピを書き残していたんだと思う」

「——だな。今となっちゃ、そうとしか思えねえ」

「そうだとしても、十年前のレシピなんて残っていますか？　あったとしても竹垣さんの手元にあるはずです。そして彼はそれをすでに処分しちゃったかもしれないし」

「そうね……」

と言ったきり、野島は黙り込んで考えた。そして、

「竜さんは、なんて？」

と、初めて幽霊を当てにした。

「――処分されたんじゃ、立証するのは難しいだろうな。いくら池村が『似てる』と証言したところで、逮捕の決め手にはできねえ」

「立証するのは難しく、スープが似てたとしても、逮捕の決め手にはできないとおっしゃってます」

「そうよね……」

とそのとき、夕雨子のスマホが震えた。

「もしもし？」

〈大崎か？　俺だ〉

「シンさん」

その名に、おっ、と野島と竜さんが声をそろえた。夕雨子はスピーカー機能をオンにして、テーブルの上にスマホを置く。

「腰のほうは大丈夫ですか？」

〈ああ……と言いたいところだが、さっきもう一度診察されてな。ひょっとしたら三日ほど、入院が延びるかもしれねえ。おかげで竜さんの告別式に行けなくなっちまった〉

はっとした。そういえば告別式はもう終わりに近づいている時刻ではないだろうか。

「――気にするなシンさん。俺はここにいる」

「気にするなっておっしゃっています」

〈あ？　誰がだ？〉

しまった、と冷や汗が出た。

「あ、いや、こっちの話です。そんなことよりすみません、私たちが事件を引っ張り出したせいで」

〈いいんだ。むしろ嬉しかったぞ。なんだか竜さんと一緒に捜査をしてるみたいでな。だが、引っ張り出した以上は解決しなきゃいけねえ。その後、進んでるか？〉

「はい。あの後、竹垣が当時付き合っていた軽部真澄さんのお宅を訪ねたんですが、今は別の男性と結婚されて、重岡という名字になっていまして――」

と、夕雨子は今までのことをすべて話した。

〈ふむ……〉

野島の推理を聞き終わったところで、シンさんは言った。納得しかねている様子だった。

「どうかしましたか？」

〈いや、二時に竹垣がスープを作りはじめたという筋読みは目からウロコだったんだがな、船田がスープの製法をどこかに記録していたっていうところがしっくりこないんだ〉

やはり、引っかかるのはそこだった。

「それは、どうして？」

〈事件当時、俺と竜さんは船田の家を調べさせてもらった。勉強熱心な船田は他のラーメン屋を渡り歩いて味や感想をノートに事細かに記録していたんだ〉

「じゃあやっぱりスープの製法もどこかに……」

〈それが、自分のスープづくりに関する試行錯誤の記録はどこにも残されていなかった。船田の妻に訊いたら、『味は舌と勘で作るもんだ。記録はとらねえ』って言い続けていたらしい〉

「――ちげえねえ」

竜さんが同意する。

「――さすがシンさん、よく覚えてるな。俺は今まですっかり忘れてたぜ」

〈まあ、腰をやられて動けねえ俺が四の五の言っても始まらん。お前たちも船田の家に行ってみろ〉

「船田さんのお宅に？」

〈ああ、捜査は自分の足でするもんだ〉

8

船田由美子《ゆみこ》の住まいは、十年前と変わらず東中野にあった。畳敷きの二間の昔ながらのアパートで、事件当時は中学生だったという息子はすでに独立し、現在は一人暮らしをしているという。

六畳間には小さな仏壇があり、船田岩吉の写真が置かれていた。線香をあげさせてもらい、手を合わせる。幽霊の竜さんも共に手を合わせていた。

「本当にあの人は、ラーメンのことしか頭になくて。鉄工所に勤めていた時から、休みの日はラーメン、ラーメンで、家庭を顧みることはなかったんです」

恨みがましそうな口調ではなかった。船田由美子は台所に目をやる。床に古びた寸胴が置いてあった。

「せっかく自分のお店を持つことができて、人気も出てきたっていう時だったのに

「……」

「船田さんは、スープ作りはあの台所で研究を？」

「研究なんてたいそうなものではないけれど、鉄工所をやめて半年間、毎日毎日やっていましたよ。それはもう、とりつかれたように。あの人の夢なら私の夢でもあると思って手伝おうとしたけれど、全然手伝わせてくれなくて。それでも応援していたんですよ、本当に」

その寂しそうな顔を、竜さんが見つめている。竜さんがこの事件にこだわった理由がわかった気がした。残された家族の中では、事件はいつまでも終わらないのだ。

「船田さんはスープづくりの記録は取っていなかったのでしょうか」

「十年前も申し上げましたが、そういうことはしていなかったんです。ラーメンを食べ歩いた記録のノートならこちらに」

船田由美子は仏壇の下の引き出しを開け、ノートの束を出した。全部で五冊あり、表紙はボロボロだった。

「——これは十年前にも見たんだよ。これじゃねえんだ」

竜さんのぼやきを背後に、夕雨子はぺらぺらとページを繰る。かなり詳細にラーメンの感想が書かれているけれど、オリジナルのスープの作り方については書かれていなかった。

「店に置いてあったということはないでしょうか」

夕雨子は訊ねるが、

「そんなの、弟子に見られるかもしれないでしょ」

と、野島が否定した。その後、一時間ほどかけて、二人は船田のノートを一ページずつ丁寧に調べていった。だが、《岩王軒》のスープのレシピは、どこにも見つからなかった。

「――やっぱり、ねえか」

竜さんのあきらめたようなつぶやきが、引き際の合図になった。夕雨子はノートを丁寧にそろえ、船田由美子に渡した。

「お役に立てませんで」

申し訳なさそうに見送る由美子に頭を下げ、アパートを出て車へと向かった。

「竹垣の犯行を立証するのは難しいですね」

落胆しながら、夕雨子は何の気なしにスマホを取り出した。メッセージアプリに新着があった。ノートを調べるのに一生懸命になるあまり、気づかなかったのだろう。午後四時七分。送信元はシンさんだった。

開いてみると、「入院、一週間くらい延びそうだ」とシンプルながら無念さが伝わるメッセージに、動画が添えてあった。

「シンさんの入院、延びてしまうそうです」

「そう。悪いことは重なるものね」

野島の声も、暗くなっている。

「――アプリってやつか。なんだよシンさん、いつの間にこんなものを使えるようになったんだ」

竜さんがスマホを覗き込んでいた。

「反社会グループの連絡手段に使われているんで、ちょっと前に使い方を教えたんですよ。まあ、それ以来、メッセージが送られてくるのは初めてですけど」

答えながら夕雨子は、再生アイコンをタップした。レントゲン写真が現れた。

〈……ん？　これ、撮れてんのか？〉

戸惑うシンさんの声が記録されている。どうやら、画像と動画を間違えてしまったらしい。結局、十三秒間、シンさんの腰部のレントゲン写真がぶれているだけの動画だった。

「これだけじゃ、どこがどう悪いのかわかりませんね」

「――なんだよシンさん。結局使いこなせてねえのかよ」

どことなく嬉しそうな竜さん。野島も同じくシンさんからの動画を覗いていたが、無言だった。捜査が行き詰まっている今、のんきに動画なんか見ている場合じゃない

と怒っているのかもしれない。そう思い、スマホをしまおうとすると、

「待った！」

と夕雨子の手首を野島は握った。

「――どうしたんだ？」

竜さんが不思議そうな顔をする。

「それなら……でも、どうやって……」

野島は独り言をつぶやき続けている。

「――おい大崎。野島はどうしちまったんだ？」

「野島さ……」

「狛犬！」

突然、野島は叫んだ。

「ちょっと、何やってるんですか」

「――狛犬？　いったい、なんのことだよ」

「大崎。昼間、竹垣の店にやってきたパソコン回収業者の名前、覚えてる？」

「はい？　ええと……」

たしかに夕雨子たちが店内に呼ばれる前に、パソコン回収業者が来ていた。

「たしか、のぼし棒が入ったカタカナでした。トーマス、みたいな」

「──《マーキス》だ」

「それです、竜さん。《パソコン回収のマーキス》です」

「すぐに電話番号を調べて電話して」

「どうしてですか」

「いいから早く！」

野島の剣幕に押され、夕雨子は《パソコン回収のマーキス》を調べた。府中市にある会社で、ホームページには電話番号が記載されている。さっそくかけてみた。

〈お電話ありがとうございます。《パソコン回収のマーキス》です。本日の電話受付は終了しました。平日のお電話は、午前九時より、午後五時まで受け付けております〉

腕時計を見ると、午後五時五分だった。

「電話対応は終わっています」

夕雨子が告げると、

「行くわよ、急いで！」

野島はさっそうと助手席に乗り込んでいく。優子は慌てて運転席のほうへ回り込んだ。

「府中の会社なのね」

助手席の野島は自分のスマホでも、《パソコン回収のマーキス》を調べていた。後部座席の竜さんが怪訝そうにたずねてきた。

「――おい大崎、野島のやつはなんでこんなに慌ててるんだ？」

「わかりません。どういうことなんですか、野島さん」

「いいから出して」

夕雨子は言われるがまま、車を発進させる。

「竹垣が船田のスープをどうやって盗んだのかがわかったの」

幹線道路に出たところで、野島は言った。

「盗撮よ」

「――盗撮だと？」

背後から竜さんが訊いた。

「竹垣は《岩王軒》をやめる前、店内に隠しカメラを設置していたの。船田はそれに気づかず、いつもどおりスープを作っていた。何から何まで、映像に記録されているとは知らずにね」

なんということだ。それなら隠し味の内容も分量も入れるタイミングも、全て詳細にわかって当然だ。

「でも、隠しカメラが設置されていた根拠はあるんですか？」

「竹垣はおそらく、厨房の天井付近に隠しカメラを設置することを考えたはず。でも、何か上のほうの棚にある材料を船田が取るときにカメラが見つかってしまうかもしれない。だから見つからないように、厨房を見渡せる別のところに設置した。客席の、棚の置物の中がベストポジションよ」

「それってまさか……狛犬？」

野島はうなずいた。

「竹垣はカメラを回収するとき、焦って狛犬の向きを間違った方向に置き戻してしまった」

「だから、狛犬の位置関係がおかしかったってことですか」

あの狛犬の位置にそんな理由が……。

「竹垣は何度も映像を見て、時には拡大したりしながら、隠し味が何なのか、その分量はどれくらいなのかを研究したはず。また何度も見返せるように、映像を残しておいた。ところが今日になって、その映像を処分しなければならない状況に陥ったのよ」

「今日になって？　どういうことです？」

「――俺たちが店にやってきたんだ」

野島より先に竜さんが言った。

「今朝私たちに訪問され、警察が再び自分に目を付けたと知った竹垣は、証拠となる映像をすべて消去することにした。外部メモリはどこかに捨てることもできるだろうけれど、パソコンの内部に残ったデータはそういかない。消去してもサルベージされることがあるからね。だからパソコンごと処理することにしたのよ」

「――あんなに忙しい昼時に業者が回収にやってきたのは、そういう理由があったんだな」

竜さんのつぶやきを聞きながら、あの業者が「すみません、急だったんでこんな時間になっちゃって」と言っていたのを夕雨子は思い出していた。

「ハードディスクが物理的に破壊されてしまったら、証拠は永遠にこの世から消え去ってしまう。急いで！」

「わかりました！」

夕雨子は力強く答えた。

9

とはいえ交通ルールを無視するわけにはいかず、府中の《パソコン回収のマーキス》にたどり着いた時には六時をすぎていた。あたりはすっかり暗く、自動車工場のようなその建物の周囲には人影もない。建物内部から規則正しい機械音が聞こえている。看板の類は一切出ていないが、ガレージに昼間見たのと同じワンボックスカーが三台駐められているのが認められた。

受付らしき小窓には明かりが差し、中年の作業着の男性が暇そうにしていた。

「すみません、警察です」

小窓を開け、夕雨子は警察手帳を見せる。

「ん？」男性はこちらを見る。夕雨子は事情を説明した。

「今日回収されたパソコンですか？　せめて、型番とかわかりませんかね」

「わかりません。色はメタリックシルバーで」

「そんなのいっぱいありますよ。日に二、三百台運ばれてくるんだから」

「そんなに？」

「まあ、とにかく中に入ってください」

男性に促され、内部へ入る。まるっきり工場を買い取ったような空間に、大きな機械が二台と、二十以上のスチール棚があり、そこかしこにノートパソコンの山ができている。

「――こんなにあるのかよ」

むかし教科書で見た、炭鉱にできた石炭の山の写真を夕雨子は思い出していた。そのパソコンの山のあいだで、三人の作業員が大きな機械を動かしている。何かをつぶしているように見えた。

「おおい、ストップ、ストップ！」

先ほどの男性が両手を振ると、機械を動かしていた三人が振り返った。やがて機械の音が止まる。

「今日来たの、もうやっちゃった？」

「リサイクル分はそっちに積んであります。破壊するのはもう半分ほど終わりましたが」

《マーキス》にパソコン回収を依頼した顧客は、ハードディスクの内容を消去してリサイクルに回すか、ハードディスク自体を物理的に破壊してしまうかを選択できる。消去する場合はスチール棚に無数に取り付けられた専門のパソコンにケーブルで接続され、何も書かれていないデータを上書きされる。物理的破壊の場合はこの大きな機械にパソコンから取り出したハードディスクを挟み込み、かなりの圧力をかけて変形させてしまうというのだ。

竹垣の場合、証拠となるデータをこの世から消し去りたいはずなので、「物理的破壊」のほうを選択した可能性が高い。

「どうでしょう、この中にありますか？」

「この中にあるか、と訊かれても……」

夕雨子は絶望の気持ちでそう答えた。

山と積まれたパソコン。昼間見たのと同じ色だけでも数十台はある。しかも、作業はもう半分進んでおり、竹垣の目論見通り、もうデータは戻らない状態になってしまったかもしれない。

「仕方ない。目ぼしいものを全部持ち帰って、科捜研に調べてもらいましょう」

野島がそばの山に手をかける。

「わかりました」

夕雨子も意を決した。あらゆる可能性を当たってみなければ。メタリックシルバーのパソコンだけをより分けていく。

「──俺も手伝えればよかったんだが、すまねえな」

竜さんが申し訳なさそうに言う。

「いいですよ。これは、生きてる刑事の仕事です」

夕雨子は四台重ねたパソコンをわきに置きながら答える。

「それでは、これ、これ、お預かりします」

夕雨子はパソコンを四台重ね、持ち上げる。

「待って大崎、こっちにもこんなにあるわよ」

野島は足元に、同じ色のノートパソコンを五、六台積み上げていた。

「そんなに……」

「そっちの山にはまだありそう。ねえ、台車、貸してくれる?」

「は、はい。わかりました」

怒ったような顔の野島に頼まれ、作業員がどこかへ走ろうとしたそのとき、

「すみませーん!」

事務所のほうから別の男性が走ってきた。その顔には確実に見覚えがあった。昼間、《麺匠なつお》にパソコンの回収にきたあの男性だった。手には、一台のノートパソコン。それを見るなり、

「それ!」

野島は台車を放り出し、男性の元へと走った。

「中野署の刑事さんたちですよね」

「一体、どういうことですか?」

「一時間ほど前でしょうか。年配の刑事さんから電話がありまして、今日の正午ごろ、経堂のラーメン屋から回収したパソコンが証拠品になるから取っておいてくれないかと。明日、中野署に届ける手はずになっていました。今、少し外出していたのですが、その間に刑事さんたちがいらしたというのでもしやと思ってお持ちしたんで

す」

「シンさん……」

夕雨子が言うと、野島は、「あー」と頭を抱えた。

「きっとシンさんも大崎に動画を送った後、同じ事に気づいていたのよ」

夕雨子ははっとして、コートからスマホを取り出す。シンさんからのメッセージがたくさん入っていた。

「ごめんなさい。シンさんから連絡ありました」

「もう、そういうのはもっと早く言いなさいよ」

「だって私、運転してたから」

言い訳をする夕雨子の背後で、

「——さすが、俺の相棒だ」

竜さん一人だけが満足そうにしていた。

10

中野署の取調室は、刑事課と直結している。窓にはしっかりと格子が嵌まっていて、逃亡は不可能だ。

無機質な机には、野島友梨香と竹垣奈津夫が向かい合って座っている。夕雨子は壁際の別の机で、二台のノートパソコンを前にしている。一台は調書を作るためのもの、もう一台は、証拠となったメタリックシルバーのノートパソコンだった。

竹垣はしばらくむすっとしていたが、やがて夕雨子のほうにちらりと目をやり、ふっ、と笑いを漏らした。

「やっぱり早く処分すべきだったなあ。まさか回収業者と刑事が鉢合わせるなんて、運が悪い……」

件のパソコンは、昨日のうちに警視庁の科捜研に持ち込まれていた。ハードディスクの中身はもちろん削除されていたが、解析の結果、失われた映像データが回復したと今朝一番で連絡があった。

映像は間違いなく、今はなき《岩王軒》の店内で、船田岩吉がスープを作る一連の作業を克明に記録したものだった。ところが驚くべきことに、映像はこれだけにとどまらなかった。

事件当日の様子まで、記録されていたのだ。

辞めた《岩王軒》に堂々と忍び込んだ竹垣が、映像をもとに船田の寸胴でスープを作り続ける。やがて船田がやってきて言い合いになり、竹垣は船田を突き飛ばして、用意していた麻ひもで首を絞める。最後にカメラを回収する瞬間まで、しっかりと残されていた。

　夕雨子と野島の二人は、経堂の《麺匠なつお》を訪れ、開店準備中だった竹垣にこの映像を見せた。殺害シーンを記録した映像というあまりにはっきりした証拠の前に、言い逃れなどできるはずもなかった。

「船田さんを殺そうと考えたのはいつのこと？」

「働いていたときですよ」

　野島の問いに、竹垣は悪びれる様子もなく答える。

「このスープならラーメン界で天下を取れる。だからチェーン展開しましょう——せっかく俺がそう提案してやったのに、おやっさん、俺のスープは俺のもんだって意地を張って、挙句の果てに俺のことを追い出しやがった。あの味は、もっと多くのラーメンファンの口に届けられるべきだ」

「そんなことのために……」

「そんなこと、だって!?」

　竹垣は夕雨子を睨みつけてきた。

「あんたは知らないだろうがな、たった一杯のラーメンが人生を変えることだってあるんだ。あの味は、おやっさんのスープは、この日本のラーメン界になくてはならない存在だ。おやっさん自身はそれに気づいていなかった。だから俺が、気づいていた俺が、代わりに広めてやろうっていうんじゃないか！」

その目には狂信的な色が宿り、口元には笑みすら浮かんでいる。

「船田さんを殺したときの映像までハードディスクに保存したのはなぜ？」

野島は、静かに訊ねた。

「自分を鼓舞するためですよ」

「鼓舞？」

「俺があのスープでラーメン屋を開くには、味を知っている者の口から《岩王軒》の味が忘れ去られる期間が必要だった。俺はそれを十年と定めた。本当に苦しい十年だった。くじけそうになったとき、あの映像を見て、『俺はこのラーメンを世に広めるために人まで殺したんだ』と言い聞かせて頑張ってきたんだ。それなのに……」

両手で机を叩く竹垣の姿を、夕雨子は心の底からおぞましく思った。竹垣はよだれを垂らしつつ、野島の顔を再び見つめた。

「警察は日本中のラーメンファンから恨みを買うことになりますよ。俺が逮捕されたことで、おやっさんのラーメンは永遠に、客を喜ばせることができなくなった」

野島が椅子を倒して立ち上がり、机をぐるりと回って竹垣の襟首をつかみ上げた。

「あんたに、誰かを喜ばせる資格なんかない」

竹垣はぎりぎりと歯を食いしばって野島を睨みつけていたが、やがて力なく、頭を垂れた。

11

シンさんは病室で、ベッドに横たわったまま二人を迎えた。

「わりいな、起き上がるのもままならなくてな」

「無理しないでください」

夕雨子の言葉に、シンさんは情けなさそうに笑う。

「竹垣奈津夫は、全部白状しましたよ」

野島が報告すると、シンさんは「そうか」と、遠い目をした。

「シンさんのおかげです」

「告別式には行けなかったが、竜さんへのいいはなむけになったかな」

「──おう」

夕雨子には見えていた。ベッドのすぐ隣に竜さんがたたずんで、感慨深そうな目でシンさんを見下ろしているのだ。……やっぱり、シンさんには告白しようか。夕雨子の持つ〝力〟について。

「もう、向こうに行っちまったのかな」

「まだ、いるんじゃないですか？」

そっけなく言いながら、野島はちらりと夕雨子に視線を投げる。

「そうですよ。まだ、そこらへんに」

「気味の悪いこと、言うんじゃねえよ」

「――気味の悪いって、なんだこの野郎」

「竜さんは成仏できただろうよ。お前たちのおかげでな」

夕雨子たちに向けられるシンさんの感謝の目。夕雨子は、その目を見て、〝力〟のことを言うのをやめた。

「――ちげえねえ」

ぱん、と竜さんは手を打ち鳴らす。

「――俺は決めたぞ。もう行く」

「えっ、もう行くんですか」

「――ああ。最後にお前たちと捜査ができて楽しかったぞ。湿っぽい話はナシだ。いつまでもぐだぐだ居座るのは、往生際の悪い犯人みたいで性にあわねえからな」

ははは、往生際かと笑いながら、シンさんの背後に立つ竜さんを、淡く黄色い光が包んでいく。この光はいつだって、夕雨子を寂しい気持ちにさせる。

「――そんな顔するんじゃねえ、大崎。おまえ、刑事だろ」

「だって」

「――刑事ならきりっとしてるもんだ」

竜さんは背筋を伸ばし、敬礼をしてみせる。夕雨子もそれにならった。すると、横で見ていた野島も真似をするように敬礼した。

「何をやってんだ、お前ら」

不思議そうな顔をするシンさんの向こうで、竜さんの姿は見えなくなっていく。最後に笑みを見せて口を動かしていたけれど、何を言っているのかわからなかった。

「まったく、いいコンビだぜ」

シンさんは言った。夕雨子は野島と顔を見合わせ、微笑んだ。

第三話　デパート狂騒曲

1

丸形《まるがた》第二公園は、大崎夕雨子の所属する中野署管内の住宅街にある。ブランコと砂場と滑り台、それにベンチが二つほどの小さなその公園で爆発が起きたのは、日曜日の朝六時半のことだった。

近隣住民の通報を受け、すぐさま夕雨子は、相棒の野島友梨香と駆け付けた。到着したのは、七時すぎ。公園の周囲に規制テープを張り終える前に、鑑識課員たちは仕事をはじめている。

「私は毎朝この辺りを散歩して、七時くらいにこの公園にやってきて軽く体操をするんです」

中村《なかむら》というその老人は爆発の様子を夕雨子たちに説明し始めた。

「今日はいつもより早く目覚めてしまい、六時二十分くらいに着きました。しばらくしたら、あのゴミ箱からどーん、と大きな音が」

振り返ると、もくもくと煙が立ち上っていたので慌てて公園を出た。公園の向かいの民家から、爆発音を聞いて驚いた住人が出てきたので事情を説明し、通報してもらった——ということだった。

「おはようございます」

夕雨子たちの姿を認め、鑑識の主任がやってきて敬礼をする。

「これが、爆発物の残骸。こっちは、爆発物を包んでいた紙です」

差し出された二つのビニール袋のうち、一つにはコードで結ばれた黒焦げの基盤とデジタル表示板、もう一方にはデパートの包み紙の燃えカスが入っていた。

「電気系の起爆装置に、火薬がつけられていたのね」

ビニール袋を受け取りながら野島が言う。鑑識主任は「そのとおりです」と答えた。

「見たところタイマーもついているようだけれど」

「はい。六時半ぴったりに爆発するようにセットされていたのでしょう」

「火薬の量は、そんなに多くなかったみたいね。起爆装置が作れるくらいだから、犯人は火薬の量も調節できる知識があったと見ていい。この公園内に被害がとどまるようにセットされていた。ということは、殺傷が目的ではない、と」

鑑識主任は、自分はもう何も言うことはないというように黙ってうなずいている。

二人のやり取りを見ていたら、急に野島が夕雨子のほうを見た。

「大崎。何、ぼーっとしてんの？」

「爆発物に詳しいなあって思って。さすが本庁に勤めていただけのことはありますね」

「これくらい、刑事課なら当然でしょ。それより、気を張りなさい。犯人は意外と近くにいるかもしれない」

「えっ」夕雨子は思わずあたりを見回し、「きょろきょろしない」と野島に注意された。

「すみません。……でも野島さん。どうして犯人が近くにいるとわかるんですか」

「殺傷が目的じゃないとしたら、何かのデモンストレーションの可能性がある。ということは、警察がちゃんと出動するかどうか、見届ける必要があるじゃない」

「デモンストレーション？」

「第二の犯罪がどこかで起きるかもってことよ」

まさか、と夕雨子は青くなる。

「すみません、それからもう一つ、これは関係ないかもしれませんが一応」

鑑識主任は新たなビニール袋を野島に差し出す。青い造花がひとつ、入っていた。ハイビスカスのようだ。

「ゴミ箱の縁に針金で括りつけられていたものです」

「見たことありますか？」

夕雨子は、証言を終えて居づらそうにしている中村を振り返った。

「いいや、毎朝来ている公園だが、こんなものが括りつけられていたのは知りませんな」

「指紋がないので、犯人がつけたものかと」

「自己顕示欲の強い犯人なら、ありそうね」

野島はハイビスカスを見つめ、言った。

夕雨子と野島は早速、周辺の家を回り聞き込みをはじめた。二時間ばかり足を動かしたが、成果は思わしくなかった。爆弾が仕掛けられたのが深夜であるため、怪しい人影の目撃者は皆無だった。また、周辺は住宅街で、もっとも近いコンビニエンスストアまで二百メートルもあり、監視カメラにもそれらしき人物は認められなかった。

公園内を調べていた鑑識課員たちは、公園を出て行く一組の足跡を発見し、石膏で跡を取っていた。靴のサイズは二十六センチ前後。右足を引きずり気味の歩き方だというが、それだけでは手がかりとして弱い。

「参ったわ。こうなったら、手は一つ」

野島は夕雨子の肩を摑んだ。その目が、夕雨子の首のストールに向けられているのが痛いほどわかった。

都会には成仏しきれずにさまよっている幽霊が何体もいる。この事実はすでに、野島にも話してある。今回の事件、もしこの周囲にそういう幽霊がいたら、犯人の姿を目撃しているかもしれないと野島は期待しているのだった。

「いるかどうか、わかりませんよ。そんなに寒気も感じないし」

「やってみる価値はあるでしょう」

有無を言わさぬ顔だった。

「取り返しのつかない大爆発が、どこかで起きてもいいっていうの?」

「……わかりましたよ」

いやいやながらにストールを外し、周囲を見る。それらしき者は見当たらなかった。

「どう、いる?」

「いないみたいです」

「何なのよ、役に立たないわね」

「多いって言っても、どこにでもいるわけじゃないんですよ」

結局二人は、捜査方針を立て直すべく、中野署へ戻るしかなかった。

その電話がかかってきたのは、午前十時五十分だった。受け取ったのは、刑事課の同僚、早坂守だった。

「はい、中野署刑事課。……はい？　何を言ってるんです？」

受話器を握り、初めは要領を得ない応対をしていた早坂だが、急に何かに気付き、斜め前の夕雨子に合図をした。

「なんですか」

「お前らの案件だよ！」

慌てた様子で受話器を押しつけてくる。野島、シンさん、鎌形、棚田……部屋中の視線が夕雨子に集まった。夕雨子はおそるおそる受話器を耳にあてた。

「代わりました」

〈ずいぶんとあせっているようだね〉

加工された音声が聞こえてきた。

〈けさ、まるがただいにこうえんにばくだんをおいたものだ。あおいはいびすかすはうけとってもらえただろうか〉

右隣のデスクで受話器を耳にしている野島が、夕雨子の顔を見て黙ったままうなずいた。公園の爆発はすでに報道されているが、ハイビスカスのことは伏せてある。犯人本人からの電話と見て間違いない。

「いったい、何が望みですか？」

〈のぞみ？　ふふ、のぞみねぇ……〉

男とも女ともつかない邪悪な金属音声は笑った。

〈そんなの、じぶんでかんがえなさい。それより、つぎはけがにんがでるかもしれないぞ〉

「爆弾は、まだあるというんですか？」

野島が言った、デモンストレーションという言葉が夕雨子の頭をよぎった。

〈あとみっつ。けいちくでぱーとしんじゅくほんてんだ。きょうはにちようだからな、こづれのきゃくもおおいだろうな〉

「京竹デパート？　その、どこに？」

すると相手はしばらく黙った。そして、くくくと気味の悪い笑い声で、

〈ちいさくて、おおきくて、けむたいもの、なーんだ？〉

突然、不思議なことを言った。

「なんですって？」

相手はけたけた笑い出し、夕雨子の質問に応答しなくなった。それが数秒続き、通

話は切れた。

「いったい、どういうことでしょうか」

「さあ」

野島はすでにコートを羽織り、現場へ急行する気まんまんだった。

「おい、こら。当該の所轄署に連絡し、引き継ぐのが筋だろう」

棚田健吾が野島の行く手を塞ぎ、居丈高に言うが、

「初めの爆発はうちの管内で起こってる。私たちにも捜査権はある！」

野島はその体を突き飛ばし、さっさと出て行く。夕雨子も慌てて後を追った。

2

京竹デパートはＪＲ新宿駅とほぼ直結したビルを構えている。日曜なので車よりもむしろ電車のほうが早いだろうと、二人は新宿まで直行した。

地下入り口からビル内に入ると、建物内は買い物客でごったがえしていた。

「妙だね」野島がつぶやいた。「どうして買い物客を避難させていないんだろう」

中野署を出るとき、シンさんが夕雨子の背中に、「デパートにはこっちから連絡しておく」と言っていた。つまり、デパートは状況をすでに把握しているはずなのだ。

ところが、まるで普通の日曜日と同じく、買い物客は笑顔でショッピングを楽しんでいる。

「ひょっとしたら、犯人の指示とか。……とにかく、訊いてみよう」

一階へ上がり、インフォメーションの女性に「警察です」と野島が手帳を見せると、女性はすぐに表情を変え、声を潜めた。

「皆さま、先にいらっしゃっています」

「皆さま？」

「こちら、奥の従業員用エレベーターから五階へどうぞ。降りてすぐ左へお進みいただき、突き当たりの会議室です」

よくわからないが、二人は買い物客の波を縫ってすぐさま奥へ進んだ。ひとたび従業員用の廊下へ入ると、そこはまさに無機質な舞台裏という感じで、飾り気のない蛍光灯のもと、段ボール箱が積まれた台車などが乱雑に配置されている。

象でも乗れそうなほど広いエレベーターに乗りこむ。床にはなぜか、白い鳥の羽根が二十枚ほど散っているが、野島は気にするでもなく、階数表示をじれったそうに眺めていた。

やがて五階につくと、すぐに会議室のドアは見つかった。野島がノックをし、返事を待たずにドアを開ける。

スーツ姿の男性が十人ほど、一斉にこちらを振り返った。白い長机が島型に配置され、奥の壁際にはデパートの見取り図が張り出された可動式ホワイトボードがある。その前に二人の警察関係者らしき男性と、一人の恰幅の良い五十代男性、それにあきらかに腰の低い細い中年男性が一人、立っていた。

「野島友梨香……？」

ホワイトボードの前の一人が眉をひそめた。年齢は四十くらいだろうか。黒いスーツに赤いネクタイを締め、頭髪はびっちりと固められていた。痩軀《そうく》だが、岩のように張り出した額ときりりとした眉、鋭い眼光の目がエリート臭を漂わせていた。——居丈高な幹部候補。夕雨子は思わず、足がすくみそうになった。警察官として働く以上、場合によっては顔を突き合わせなければならない相手だが、できれば関わり合いたくないと常々思っているタイプだ。

「なぜここに、貴様がくる？」

「うちの管内で今朝起きた爆発事件の犯人が、このデパートにも爆弾を仕掛けたと電話をしてきたの」

不思議そうに顔を歪める彼に、一人の捜査員が耳打ちした。

「そうか。お前、中野署に異動になったんだったな」

「おかげさまで」

「本件は本庁のわれわれが仕切ることになった。管轄の新宿署の所属ですらないお前がしゃしゃり出てくる必要はない。帰れ」

「犯人が同じ可能性のある以上、捜査権は私たちにもある。私たちを追い返す根拠は？」

「有原《ありはら》さん、時間がありません」

一人の捜査員が、焦ったように言う。有原と呼ばれた男はしばらく考えていたが、やがて夕雨子のほうを向き、「閉めろ！」と怒鳴った。

「は、はい！」

夕雨子は入ってきたドアを閉めた。

「それで、さっきかかってきた電話というのは？」

有原はデパート関係者に訊ねた。

「あ、こ、こちらです……」

店長らしき五十代男性に促され、傍らの、びくびくした様子のデパート関係者が、ノートパソコンを操作する。音声が流れだした。

〈はい、京竹デパート新宿本店、店長室です〉

〈にゅーすをみたか。けさの、なかののこうえんの、ばくだんさわぎだ〉

片方は店長の声、もう片方は、中野署にかかってきた電話と同じ声だった。

〈はいっ？　爆弾？〉

〈あれとおなじたいぷで、ばくはつりょくのおおきいものを、しんじゅくほんてんないに、みっつ、しかけた〉

〈おい。いたずらなら……〉

〈きのう、そっちに、にもつがとどいたはずだ〉

〈荷物？〉

〈あおいはいいびすかかすだ〉

〈あっ。お、お前……目的はなんだ？〉

〈そのうちあきらかになるだろう。おっと、ひとついいわすれていた。きゃくをひなんさせようなどとはかんがえるな。もしそんなことをしようものなら、すぐにばくだんは、どかん、だ〉

〈おい！〉

〈わたしは、つねに、みている〉

〈落ち着け。電話を切るんじゃない。爆弾はどこに仕掛けたんだ？〉

〈それをさがすのが、おまえらのしめいだ。じゅうにじに、はじめのばくだんを、さどうさせる〉

　夕雨子は腕時計を見た。十一時二十分。あと四十分しかない。

〈おい、待つんだ！〉

〈ちいさくて、おおきくて、けむたいもの、なーんだ？〉

通話が切れる音がした。

「電話を受け取ったのは、あなたですね、宇野《うの》店長」

有原の問いに、恰幅の良い男がうなずいた。電話ではだいぶ焦っていたが、今は威厳を取り戻し、落ち着いているように見える。

「犯人に心当たりは？」

「滅相もない。うちのデパートが恨まれるいわれなど。こんなしゃべり方の人間も知らない」

「『小さくて、大きくて、煙たいもの』という言葉については？」

「さあ……」と、店長が首をひねったとき、

「うちの署にかけてきた電話でも、同じことを言っていたわ」

野島が口を挟んだ。有原が忌々しそうに彼女を睨みつける。

「きっと、爆弾のありかよ。こんなところでもたもたしていないで、さっさと探したらどう？　十二時まで時間がない」

「お前に言われなくてもわかっている！」

有原はホワイトボードを指さし、捜査員たちの捜索範囲をてきぱきと分担していっ

た。夕雨子たちを押しのけるようにして、捜査員たちは部屋を出ていく。

「野島、もう一度言う。お前は帰れ。その部下もだ」

捜査員たちについて部屋を出ようとする野島を、有原は引き留めた。

「数は多いほうがいいでしょ」

そのとき、一人の部下が有原に耳打ちした。「このまま出ていかせたら、彼女は勝手に捜査を始めますよ」と言っているようだった。

「それもそうだな……。野島、前言撤回だ。事件が解決するまでこの部屋を出るな」

野島の顔が険しくなった。

「私を監禁するつもり？」

「西麻布の一件を忘れたとは言わせないぞ」

それまでの野島の勢いが、急に収まった。悔しそうに口を歪めて有原の顔を見ている。西麻布の一件――きっと、野島が本庁を追われた、バンドマンの殺人事件に関わることなのだろうと夕雨子は思った。

「お前が勝手に出世コースから外れていくのはかまわん」

有原は高慢な口調を崩さない。

「だが、俺のキャリアに傷をつけるな」

「有原さん」

携帯電話に耳を当てていた部下が彼に声をかけた。

「爆発物処理班が到着したようです。処理はこの会議室ではなく、地下駐車場を使わせてもらったほうがいいと班長の長田《ながた》が」

「店長、よろしいですね」

有原の問いに、店長は「ええ」とうなずく。

「こういうこともあるかと、従業員用駐車場の一角をあけてあります」

「わかりました。私は今からそちらへ行き、処理班に指示を出してきます。すぐ戻りますが、そのあいだに犯人から電話がかかってくるかもしれない。その場合は打ち合わせ通り、こちらで電話を受け、できるだけ会話を引き延ばしてください」

「わ、わかりました……」

「それから、くれぐれも事件のことは、一般の人たちに知られないように」

「心得ております。ごく限られた従業員にしか、話しておりません」

宇野店長は胃の痛そうな顔で言うと、もう一人のデパート職員に、有原を案内するように命じた。有原は首にヘッドフォンをかけた技官のほうを見る。

「水沼《みずぬま》、お前はここにいろ。犯人から電話がかかってきた場合は逆探知を。それから、野島が勝手に出歩かないように見張っておけ」

「僕がですか？」

両目の下に隈のある、不健康そうな技官は有原を見上げた。

「今日は逆探知の係で来ているんですが」

「警察官であり、俺の指揮下にいることに変わりはない。いいな」

有原は部屋を出ていった。水沼は背中を丸め、ノートパソコンの傍らに置いてある機械のつまみを調節し始めた。二十代の半ばだろうか、やせ型で、寝不足のネズミを思わせた。

「水沼くん、久しぶり」野島は彼に、馴れ馴れしく話しかける。

「お久しぶりです」

「面倒な役目を任されちゃったわね」
二、三秒の沈黙ののち、「別に」と返答があった。
「志願しただけですよ。今の本庁に、僕ほど逆探知技術に長けた人間はいません」

面倒な役目、の意味をはき違えているようだが、野島は調子を合わせた。

「へぇー。大した自信。あの社長令嬢の誘拐事件のお手並みは大したものだったからね」

ふっ、と水沼は口元を緩めた。お世辞に気が緩んだのかと夕雨子は思ったが、そうではなかった。

「おだてたって無駄ですよ。この部屋からは出ないでください」

「水沼くんも堅物ね。お父さん、たしかデザイナーさんじゃなかったっけ？　クリエイティブな人の息子が、そんな杓子定規でいいの？」

「何とでも言ってください。有原さんに叱られるのは嫌です」

「いいわ。じゃあ、神原《かんばら》に無線をつないでちょうだい」

「はい？」水沼はようやく野島のほうを見た。神原というのは、さっき出ていった有原の部下の一人だろう。

「あいつなら説き伏せられそうだから。あいつに叱られてもらおうよ」

相変わらず強引なことを言う。夕雨子はむしろ、水沼のほうが哀れになってきた。

「勘弁してください。僕は逆探知担当だと何度言えばわかります？　無線は預かっていませんよ」

「そうだったの」

「もうこれ以上、話しかけないでもらえます？」

ヘッドフォンを耳に装着し、パソコンに向き直る。もう何も返答しないという鉄の意志が見えた。

くいっと、野島が夕雨子の袖を引いた。こそこそと耳打ちしてくる。

「そんなこと……」

「大崎。これはチャンスなの。ここで結果を出せば、本庁も私をほうっておかないかもしれない」

私には関係ない。そんな夕雨子の気持ちを見透かしたように野島は肩を叩いてきた。

「大崎にも関係あるわよ。本庁の捜査一課なら、群馬県警から情報を引き出すことだってできる」

「えっ？」

「棒葉山の失踪事件。当時警察がどこを捜索してどこを捜索していないのか、そういう情報が手に入れば、荒木公佳の遺体を見つけることだって夢じゃない」

たしかにそうかもしれない。夕雨子の気持ちは揺らいだ。

「本庁に戻ったら、絶対にあんたにその情報を渡す。わかったらやりなさい」

有無を言わさぬ顔。やるしかない。

夕雨子は水沼に近づき、その肩を叩いた。

「なんですか？」

ヘッドフォンを外し、隈の浮かんだ顔で夕雨子をうるさそうに見上げる。

「すみません、ちょっとお手洗いに」

「困ります、出ていかれては」

「どうしても、どうしてもなんです」

「この子、大崎っていうんだけど、さっき、ジャスミンティーを三杯も飲んでたから」

野島が口添えをした。

「ジャスミンティーを、三杯も……」

「有原は『野島が勝手に出歩かないように見張っておけ』って言ったのよ。大崎のことは言っていない」

誰が聞いても屁理屈だった。だが水沼は少し考えたうえで、「たしかに」とつぶやいた。

「……どうぞ」

杓子定規《しゃくしじょうぎ》も使いようだと野島の顔は告げていた。

3

野島の指示どおり、何も考えずに部屋を出てきてしまったけれど、どうしよう。五階の販売スペースに出た夕雨子は途方に暮れていた。

とりあえず、買い物客に交じって紳士服コーナーをうろうろする。右を向いても左を向いても紳士服。こんなところを、二十代女性が一人で歩いているのがそもそもおかしい。と、エスカレーターのほうへ向かおうとして、足が止まった。前方突き当たり、《ネクタイ・ガーデン》というネクタイ専門店の中に、先ほど会議室で見たスーツの男性がいて、ネクタイを物色しているのだ。

夕雨子は慌てて立ち去った。

野島と一緒にいたので、夕雨子が中野署の刑事だということは彼らも何となく察しただろう。ちょこちょこ出歩いているところを見つかったら、会議室に戻されて大目玉を食らうかもしれない。捜査員たちに見つからないように爆弾を捜す……これじゃあまるで犯人だ。

何をしていいのかわからないまま、夕雨子はエスカレーターで二階まで降りてきた。他の階にはない広いスペースに、白い椅子とテーブルのセットがいくつかある。

イベント専用の小さなステージには長机とガラガラ回す福引の道具があり、【お楽しみ抽選会　午後三時より】と看板が出ていた。別の看板には【トラタマくんも来るよ！】と、卵のフォルムをした虎のマスコットキャラクターの絵が描いてあった。

ステージからテーブル席スペースを挟んで向かい側には、円状の、作り物の植物の植え込みがあり、中央に高さ三メートルほどの大きな虎の彫像が立っている。植え込みの中に、説明書きのプレートがあった。

京竹デパートは創業以来、虎をシンボルとしており、この彫像は創業五十周年を記念して、店長の学友である彫刻家の大木華恩《おおきかおん》によって造られたものである——と書かれていた。きっとトラタマくんというのも、シンボルの虎を親しみやすくしたものなのだろう。

改めてもう一度、彫刻を見上げる。トラタマくんとは似ても似つかない、獲物を狙うかのようなリアルな虎の顔。そのいかめしさは、客を歓迎するというより、威圧しているように思えた。

「あの、落ちましたよ」

声をかけられたような気がして振り返る。若い女性が一人、立っている。かっちりとしたスーツを着て、首に青いスカーフを巻き、いかにもデパートの責任者という感じだった。彼女が指さす先を見ると、夕雨子のストールが落ちていた。

「すみません」

夕雨子は慌ててそれを拾い上げた。

「お客様。何かお探しでしょうか」

女性は強い口調で訊ねてきた。しっかりと化粧のされた目で、夕雨子のことを睨みつけている。

「失礼ですが先ほどから、少し動きが不審でしたので」

はっきりとものを言う人だ。でも、捜査員に見つからないようにとびくびくしていたさっきまでの自分はたしかに不審者だったろう。ストールで隠すようにして、警察手帳を見せる。

「警視庁の大崎です」

管轄外であるうしろめたさから「中野署」を省いた。女性は目を見開き、「失礼しました」と頭を下げた。

「当デパートのコンシェルジュをしております、前畑理乃《まえはたりの》と申します。警察の方とおっしゃいますと、その……爆弾の件ですか？」

周囲の客を意識して、小声で訊ねてくる。宇野店長は、ごく限られた従業員にしか爆弾のことを話していないと言ったけれど、コンシェルジュなら知っているだろう。ひょっとすると、不審者を探すように命じられたのかもしれない。

「そうなんです」夕雨子は答えた。

「どうですか。見つかりそうでしょうか」

「いえ、今のところはなんとも。情報が不足しておりまして」

前畑は残念そうにそうですかと答える。顔が小さく、女子大生と言っても通るくらいの外見だ。これだけ若くしてデパートのコンシェルジュに任命されるなんて、優秀なのだろう。

「前畑さんは、犯人からの電話はお聞きになりましたか？」

訊ねると、前畑は不思議そうな顔で「いえ」と首を振った。

「犯人から爆弾の隠し場所についてヒントめいたメッセージがあるんです。『小さくて、大きくて、煙たいもの、なーんだ？』と。何か思い当たることはないですか？」

「小さくて、大きくて、煙たいもの？　なぞなぞでしょうか」

「そういうふうに聞こえますよね」

前畑は初めての香辛料を味わうような顔をして少しのあいだ考えていたが、突然目を見開き、背筋をぴんとさせた。顔が歪んでいる。

「どうかされましたか？」

「どうしたんです？」

「ええ。いえ……その……」

前畑はすぐに姿勢を戻し、夕雨子の顔をしげしげと眺めていたが、やがて意を決したように口を開く。

「刑事さん。いや、どうお呼びすればいいのでしょうか」

「大崎でけっこうです」

「では大崎さん、おかしなことを聞きますが——、幽霊が見える方ではないですか？」

4

前畑が案内したのは、二階の従業員スペースだった。販売員やスーツの男性、警備員など、五階よりもだいぶ人の出入りが激しい。

「こんなに多くの人がいたら、部外者が入ってもわからないですよね。セキュリティ面に関しては私も再三、管理のほうに注意しているんですが」

前畑は申し訳なさそうに言い、従業員専用エレベーターの前に夕雨子を連れてきた。

「すみません、上のボタン、押してもらえますか？」

さっきから気が気ではない夕雨子は、言われた通りにエレベーターのボタンを押した。エレベーターはすぐにやってきて、二人連れの店員と入れ違いに、二人は乗り込んだ。

「屋上です」

「はい」

前畑に言われるまま、夕雨子は「R」の階数ボタンを押す。ドアが閉まった。ふと床を見ると、少し前に乗った時と同じく、白い鳥の羽根が散らばっている。

「十階催事場で、本日から小鳥フェアが開催されているんです」

夕雨子の視線を、前畑は気にしたようだった。

「昨日の夜中から明け方に慌てて搬入したので、羽根が落ちてますね。まだ掃除していないんです」

「そんなことより前畑さん」

夕雨子は前畑のほうを向いた。

「どうして私が、幽霊が見える人間だとわかったんですか」

「私も、見えるんですよ」

こともなげに、前畑は答えた。

「ただ、はっきりと姿が見えるわけじゃなくて、ぼんやりとした白い靄というか霧というか、そういうものがふわふわ漂っているのが見えるだけなんです。正式な霊媒師さんに聞いたら、弱いけどそういう力があるということでした」

「そうなんですか」

「はい。それから私の場合、同じような能力を持つ人を見分ける力があるみたいです。突然、気付くんです。そういう人のそばに立つと、肩から首筋にかけて、ぴきーんと筋肉が硬直するような感覚が生まれます。そのあと、自分の体が、まるで静電気でも帯びたようにピリピリするんです」

さっきの顔を歪めたのはだからか、と夕雨子は納得した。

「そうなんですね。いろいろ大変ですね」

「大崎さんは、けっこうはっきり見える方だとお見受けしましたけど」

そんなことまでわかるのかと思いながら「はい」と答えた。

「やっぱり。よかったです。このデパートにも、いるんですよ」

階数表示から目を離さずに前畑が言う。夕雨子は首筋に氷でも当てられたかのようになった。

「今、そこへ向かっています」

「前畑さん。私は爆弾の捜索のためにここへ来ています。本来の目的と関係のないことは……」

「それが、関係大ありなんです」

自分が幽霊に会うことが、爆弾探しと何の関係があるのか。問いただそうとしたそのとき、エレベーターは止まった。扉が開くとすぐ目の前に自動ドアがあり、屋外が見えた。前畑とともに、屋外へ出ていく。白いテーブルセットが並ぶカフェスペースとなっていて、軽食やクレープなどを売る店がある。その向こうにさらに屋内に入る自動ドアがあり、「子どもどきどきランド」という看板が出ている。

自動ドアの内側は、子どもが遊べる屋内遊園地となっていた。

電車や帆船、おとぎの国の馬車を模した、子ども用の乗り物、その向こうにはレールを走る小さな機関車があり、首元にハンドルのついたパンダやウサギの乗り物もある。赤い屋根の小屋には、射的、輪投げ、ボール投げなどのゲームコーナー……。日曜日とあって、親子連れや、孫を連れた高齢女性などが大勢いた。

前畑が足を止めたのは、ポップコーン自動販売機の前だった。身を隠すようにして前畑は、ある方向を指さした。

「あの、カエルさんの前に、誰か、見えませんか」

カエルが両手を広げた形の古びたベンチがある。その前に、一人のピエロが佇んで、細長いピンクの風船を操り、バルーンアートをしていた。

もじゃもじゃの真っ赤な髪の毛に、白塗りの顔。ピンポン玉大の赤い鼻をつけ、目の周りには青い星、口は思い切りたらこ唇のメイクをしている。緑と赤の縦じまの服を着て、中には詰め物もしているだろうが、首の太さから、本人もだいぶ肉がついた体をしていることがうかがえた。

「ピエロがいますね」

答えながら夕雨子にはすでに、そのピエロが幽霊であることがわかっていた。背中にぞくりとした寒気を感じているし、ピエロの肩から腕にかけての輪郭線がぼんやりとしている。そして何より、その顔が寂しそうなのだ。近くを兄弟らしき二人の男の子が駆け抜けていくが、まったくピエロに見向きもしない。ピエロはバルーンアートの手を止めて彼らを見るが、深いため息をついてまた手元に目をやる。

「やっぱりいるんですね、クララさん」

「クララさん？」

「この屋上遊園地の名物キャラクターだった女性のピエロです。心の病気があって、人とのコミュニケーションがあまり得意じゃなかったそうですが、ジャグリングやバルーンアートが得意で、老人ホームや児童養護施設などで披露する活動をしていたんです。うちの店長がそれに注目して、この屋上遊園地で働いてもらうことにしたと聞いていています。メイクをしたら自分じゃない人間になれるみたいで、ピエロというのは向いていたのでしょうね。すぐに彼女は子どもたちの人気者になりました」

夕雨子の目の前で、ピンクの風船は次第にプードルに変わっていった。

「去年の八月の、ものすごく暑い日のことです。夏休みでデパートは大盛況。クララさんはすぐそこのカフェで、バルーンアートのショーをしました。ショーが終わっても、クララさんの周りには子どもたちが集まり、次から次へとバルーンアートをせがんでいました。長い間、休みなしで炎天下に立ち続けたクララさんは脱水症状で倒れてしまったんです」

「まさか、それで……？」

「救急車で運ばれましたが、そのまま還らぬ人に。……見回り中、私が白い影をそこに見るようになったのは、そのすぐ後からです。あの少し開けたスペースは、クララさんがバルーンアートを披露するときの定位置でした。生前の楽しい思い出を忘れられず、そこにいるんだろうなあとずっと思っていたんです」

前畑さんの寂しげな顔。――クララの姿がはっきり見える自分に何かできないかと、つい申し出そうになる。でも今は、緊急事態なのだ。

「事情はわかりました。でも私がクララさんに会うことが、どうして爆弾事件と関係あるんですか」

「クララさんは生前、他人と普通に会話はしませんでした。ですが、なぞなぞは大得意なんです。ピエロはおしゃべりをしないのが原則ですが、子どもになぞなぞを出されると、クララさんは楽しそうに応対していました。……まあ、答えを直接言うんじゃなくて、ちょっと意地悪な返答をするんですけどね」

ようやく前畑の意図が見えてきた。彼女なら、爆弾犯の不可解ななぞなぞの答えを明らかにすることができるかもしれない。夕雨子はすぐさま、クララに近づいていった。幸い周囲に誰もいないので、変な方向に話しかけても、不審がられることはない。

「クララさん、突然申し訳ありません」

クララは夕雨子のほうに顔を向けた。夕雨子は警察手帳を出す。

「私はあなたの姿を見ることのできる、警視庁中野署刑事課の大崎夕雨子と申します。実は今、このデパートが危険にさらされていまして……」

生きている人間に話しかけられたのが久しぶりで驚いたのか、クララは風船のプードルを放り投げ、カエルのベンチの裏側に隠れた。

「堅いですよ、大崎さん」前畑が忠告した。

「クララさんは人の名前や顔を覚えるのが苦手ですし、複雑な事情を説明しても頭がいっぱいになってしまうだけです。余計な話は一切せず、いきなりなぞなぞを言ってあげるのが一番です」

夕雨子は警察手帳をしまい、カエルのベンチの向こうのクララに向き直った。

「小さくて、大きくて、煙たいもの、なーんだ？」

ぱち、ぱち、と二回瞬きをすると、クララはすっと立ち上がった。メイクをしているが、その顔は先ほどまでとは打って変わって楽しそうに見えた。再びカエルのベンチの前にやってくると、夕雨子の眼前数センチのところまで顔を近づけ、にかっと笑った。

「――オレンジジュース。三百円と、五百円」

甲高い声でそれだけ言うと、両手を開き、肩をすくめ、下唇を突き出すおどけた表情を作る。その顎を、くいっとある方向へ向けた。振り返ると、ガラスの向こうに、クレープの売店が見えた。

「どういう意味です?」

クララはおおげさなしぐさでカエルのベンチに腰かけると、目を閉じた。もう何も言わない、という表情だった。夕雨子はクララに会釈をし、自動ドアへと向かう。前畑が追ってくる。

「何か、言ってましたか、クララさん?」

「オレンジジュース。三百円と、五百円」

「それだけですか?」

「それだけです」

二人は屋外カフェスペースへ出て、クレープ屋の前にやってきた。

「いらっしゃいませ」

にこやかな販売員を手で制して、メニューの書かれたプレートを睨む。

【オレンジジュース　S/三百円　M/四百円　L/五百円】とあった。三百円と、五百円……。

「ああっ!」

夕雨子は飛び上がった。

「どうしたんです？」

前畑が目を見開いていた。

「わかりました。ＳＬです」

「えすえる……」

「蒸気機関車ですよ。小さくて（Ｓ）、大きい（Ｌ）し、常に煙突から煙を吐いているから、煙たい」

「なるほど。急ぎましょう！」

前畑もすぐに理解したようでぱちんと手をたたいた。

「急ぐって、どこにです？」

「遊園地の中に、機関車の乗り物があるんです！」

夕雨子は自動ドアを駆け抜けて再び屋内遊園地の中へ。後ろからついてきた前畑が案内する先に、男の子がまたがってはしゃぐ、小さいサイズの機関車の乗り物があった。

前畑はすぐに床に手をついて、機関車の下を覗き込む。

「大崎さん。ここに何かがガムテープで貼り付けられています！」

夕雨子も覗き込む。たしかにガムテープで、黒い箱のようなものが貼り付けられている。

その後、メンテナンス業者を装った爆発物処理班によって、機関車は爆弾が貼り付けられたままゆっくりと地下駐車場へ運ばれた。幸い、衝撃や揺れでは爆発は起こらない造りになっていた。解体作業はスムーズに進み、ものの一分で起爆装置は取り外された。

5

予告の十二時まで、あと十五分と迫っている時刻だった。

「時限装置にはこの受信装置もついていました。時間がこなくても、犯人がスイッチ一つで起爆装置を作動させることが可能だというのは、嘘ではないようです」

爆発物処理班班長の長田は、小さな部品を有原に見せながら言った。

「火薬の量は、中野署管内の公園で見つかったものに比べ、多量です。もし爆発していたら、屋内遊園地全体が吹っ飛ぶところでした」

信じられない。子どもがたくさんいるのに……と、怒りを覚える夕雨子の肩に、手が置かれた。

「お手柄だったわね、大崎」

野島だった。コンビを組んで以来なかなか褒めない彼女からの望外の言葉に、夕雨子は照れた。有原のほうは面白くなさそうだった。

「なぞなぞで爆弾のありかを指定するなど、馬鹿げている」

「少しはうちの同僚の成果を認めたらどうなの？」

「現場にそんなものを巻いてくる刑事など、信用するに足らんだろう」

夕雨子が首に戻したストールを指さし、有原は吐き捨てたが、

「何？」

すぐに耳に手を当てた。無線機に何か情報が入ったようだった。

「録音は？……そうか。わかった、すぐに行く！」

長田に後を任せると、有原は部下を連れて走り出した。きっとまた、犯人からの電話があったのだろう。野島も追いかけ、夕雨子も迷うことなく走り出す。これ以上、卑劣な爆弾犯の好きにはさせておけない。

五階会議室にはすでに捜査員たちが集結し、有原の到着を待っていた。

「流せ」

有原の命令を受け、技官の水沼がうなずいて、ノートパソコンを操作する。

〈はい。京竹デパート新宿本店、店長室です〉

〈わたしだ〉

〈お前か。いいかげんにしてくれ。他の爆弾はどこに？〉

〈いたずらではないことは、わかってもらえただろう〉

〈せめて、お客様だけでも避難させることはできないか。お前がうちのデパートに何の恨みがあるか知らないが、お客様に罪はないだろう？〉

〈だいにのばくだんが、ばくはつするのは、いゝいゝいゝいちじさんじゅつぷんだ〉

〈おい！　私の話を聞け〉

〈ぴすとるのしょぶんは、おわっている〉

〈ピストルの処分？　なんのことだ？〉

〈くりかえす。ぴすとるのしょぶんは、おわっている〉

声の主は不気味に笑いながら、一方的に通話を切った。

「これだけですか。できるだけ話を延ばしてほしいと言ったはずですが」

有原は宇野店長を睨みつけた。

「す、すみません」

「店長さんを責めるのは酷ってもんよ」

野島が両腕を頭の後ろにやりながら言った。

「こんな強引に話を進められたら、誘拐事件に慣れた警察官でも話を延ばすのは無理。それにしても、一本目の電話では会話を楽しむ感じだった犯人が、なんで要件を伝えるだけになっちゃったんだろうね」

「何時ごろ、かかってきた？」

野島を無視する形で、有原は技官の水沼に訊ねる。水沼は隈のある両目でパソコンの画面を見据えている。

「十二時五分です」

「逆探知は？」

「このデパート内から携帯電話で掛けられていることはたしかですが、はっきり何階からなどはわかりません。もちろん、ナンバーやどこの会社の機器なのかも不明です」

「全フロアの監視カメラ映像を今すぐ確認しろ」

有原が部下に命じた。

「全フロアと申しますと……百以上ありますが」

「全て確認すれば、当該時刻に携帯電話を使っている人間が見つかるかもしれないだろう」

「無駄でしょ」

再び、野島が口をはさんだ。頭から湯気が立たんばかりの有原に水を浴びせるかのように冷静だった。

「犯人はこの建物について十分下調べをしていると考えられるわ。あるいは、このデパートの従業員か」

「まさか……」色を失う宇野店長。

と、突然、有原が野島の襟首をつかんだ。そのまま部屋の隅へと強引に連れて行き、壁に押し付ける。

「従業員が怪しいなどというのは私も初めから気づいている。だがそれを店長の前で言うにはまだ尚早だ。余計なことを口走って、捜査を乱すな」

「遊び場の監視カメラは当然、確認したんでしょ」

野島は臆した様子もなく、有原に訊き返した。

「SLに爆弾を仕掛ける人物は映されていなかったの？」

「SLの位置はちょうど死角になっていた」

有原の部下の一人が反射的に答えた。

「開店前か、開店直後の人の少ない時間なら、誰でも仕掛けられたはずだ」

「神原！　貴様も余計なことを！」

「すみません！」

怒鳴られ、その部下は棒のように背筋を伸ばして謝る。有原の剣幕におののく夕雨子とは対照的に、野島は落ち着き払って有原の手を自らの襟首から外す。

「監視カメラの位置を把握しているんだから、携帯電話も死角でかけるでしょう。無駄なことをしている時間があったら、現場に出て怪しいやつを取り押さえるべきね」

「わかっている！」

有原は机の脚を蹴飛ばし、汗びっしょりの宇野店長を振り返った。

「『ピストルは処分した』という言葉に心当たりは？」

「さっきから考えておるんですが、まったく何のことだか。あの、うちの従業員の中に犯人がいるというのは……」

有原は額を掻きながら少し考えているようだったが、これ以上ごまかしてもしょうがないと判断したようだった。

「残念ながら、状況から考えてその可能性も視野に入れなければなりません。電話の内容から、犯人はピストルを所持しているかもしれない」

「しかし、『処分した』と」

「それも嘘、あるいは脅しかもしれません。まずは従業員のロッカーを調べさせていただきたい」

「従業員のロッカーは各フロアにあります。そして、各々が持ってきた錠に鍵を掛けているので、従業員一人一人に開けてもらわなければなりません」

「一人一人に？　そちらで管理していないのですか？」

「以前は数字式ロッカーを使っていたのですが、二年ほど前に従業員を装ったロッカー荒らしが現れまして。二十人にも及ぶ従業員のロッカーから、金品が盗まれたのです。以来、鍵は個人管理ということになっております」

「有原さん」神原という部下が言った。「従業員たちにロッカーを開けてもらうとなると、警察が動き回っていることが知られてしまうかもしれません」

「やむをえまい。すでに屋上からＳＬを運び出した一件で噂は広まっているだろう。神原と清水《しみず》は従業員ロッカーの確認、その他の者は引き続き、爆弾と怪しい者の捜索をしろ」

「はい！」

声をそろえ、部屋を出ていく捜査員たち。宇野店長はそれを不安げに見送る。有原と水沼技官、宇野、それに夕雨子と野島の五人だけが残された。

「まったく、頭がカタいんだよね、本庁の刑事は」

わざと有原に聞こえるように野島は夕雨子に笑いかける。

「『ピストルは処分した』ってメッセージがあったからって、犯人がピストルを持っているだなんて」

「じゃあ野島さんは、あのメッセージはなんだっていうんですか？」

「決まってる。なぞなぞ」

「なぞなぞ？」

「そう。三つ爆弾を隠していて、一つ目の隠し場所のヒントをなぞなぞで出した。二つ目もなぞなぞで出さなきゃ、おかしいじゃない」

「何を言い出すかと思ったら」

有原が言った。

「くだらない。なぞなぞだというなら答えは何だ？　爆弾はどこにある？」

「さあ。謎は得意でも、なぞなぞは苦手なの」

「引っ掻き回すだけ引っ掻き回してそれか。お前はもう何もしゃべるな」

「もし、私たち中野署のコンビが、なぞなぞを解いて二つ目の爆弾を見つけたら、捜査権をくれる？」

挑発的な野島の言い草に、有原は顔をしかめた。彼の中での葛藤が、夕雨子にはびりびりと伝わってきた。

彼は、組織捜査に向かない野島の性格を疎ましく思っている反面、その鋭さは認めているようだった。つまり、あの不可解なメッセージがなぞなぞであるという可能性には一理あると彼も思い始めているのだ。だが、それに自分が気づけず、野島がいとも簡単に気づいたという事実を悔しく思っている。

いずれにせよ、時間内に爆弾を見つけなければとんでもないことになる……。

「野島。お前に勝手なことをさせるわけにはいかない。おい、そこのお前」

「わ、私ですか？」

夕雨子は背筋を伸ばした。

「所轄の刑事は本庁の家来じゃないんだからね。大崎夕雨子巡査。名前と階級で呼びなさい」

「さっきの働きに免じて、もう一度だけチャンスをやる。お前だけで行ってこい」

野島を無視し、有原は放り投げるように言った。

「古臭いストールなんか巻きやがって。その恰好では、刑事と疑われる心配は、うちの捜査員の誰よりも薄いからな」

蔑むように冷たく言うと、そのまま水沼技官の操るノートパソコンに目を落とす。

夕雨子は不安を抱えたまま、野島の顔を見た。口元にきりっとした笑みを浮かべながら、敬礼をしてくる。

時刻は迫っている。犯人は許せない。要するに、やるしかないのだ。

夕雨子は背筋を伸ばして敬礼を返し、部屋を出た。

6

従業員専用エレベーターの扉の前へ来ると、運悪く二台とも四階から下へ向かっている途中だった。待っているのももどかしく、夕雨子は階段へと走った。首筋に汗を感じた。どうせこのあとクララに会うのだと、首のストールを外し、一段飛ばしで階段を駆け上がる。

「わっ！」

踊り場を曲がったところで、上から降りてくる人とぶつかりそうになった。

「す、すみません」

その顔を見て、「あっ」と声が出る。コンシェルジュの前畑だった。

「大崎さん！」

彼女は、夕雨子を探していたようだった。

「さっきの爆弾は解体が済んだと伺いました。しかし、刑事さんたちが従業員にロッカーを見せるようにと言って回っています。どういうことかと、私が従業員たちに質問を受けているんですが……いったい、どういうことですか」

「ええ。実は犯人からまた電話があったんです」

今までのいきさつを、「ピストルは処分した」というなぞなぞを含めて手早く説明する。前畑は不安そうに両手でひじをこすりはじめた。

「二つ目の爆弾は、午後一時三十分に爆発するというんですか。いったいなんですか、『ピストルは処分した』……ピストル。おもちゃ売り場に、ピストルがあります」

「それじゃあなぞなぞにならないじゃないですか。前畑さん、落ち着いてください。またクララさんに訊きにいきましょう」

「あっ、そうですね」

前畑と連れ立って階段を駆け上がる。

屋内遊園地の入口にはロープが張られ、「立入禁止」の紙が貼られたパイロンが置かれていた。

カエルのベンチに、やはりクララはいた。白いバルーンアート用風船をもてあそびながら、ただただ退屈そうに天井を見ている。

「クララさん」

話しかけるとクララは夕雨子の顔を見てぴょこんと立ち上がり、白い風船を差し出してきた。顔にはまるで、何か作ろうか、とでも言わんばかりの楽しげな表情が浮かぶ。

「違うんです、クララさん。またなぞなぞです」

その目が、いっそうキラキラした。

「『ピストルは処分した』。この言葉から連想されるものってわかりますか？」

クララはほっぺたに右手を当て、しばらく考えるようなそぶりをしていたが、やがてぱちんと指を鳴らし、白い風船を器用に動かし始める。

「クララさん？」

「――道の両脇に、七本ずつ松の木が植えてあるよ」

「はい？」

「――飛んできたのは誰だろう？」

にかっと笑うと、クララは夕雨子に風船を差し出す。鳥の形になっている。受け取ろうにも、霊の風船なので触ることはできなかった。クララもそれを察したのか、針を持ち出して風船を割る。カエルのベンチにふんぞり返るようなポーズをとった。もう何も言わないという意志がはっきり見て取れる。

頭を抱えたくなった。なぞなぞの答えを聞きに来たのに、どうしてもなぞなぞで返されてしまう。

「どうしたんですか」

前畑が急かすように顔を覗き込んでくる。

「新しいなぞなぞです。道の両脇に七本ずつ松が植えてあるところに、飛んできたのは誰かって」

「クララさんらしいですね」

前畑は焦りの中にもなぜか楽しそうな表情を見せた。

「ジュウシマツじゃないですか？」

「はい？」

「道の両脇に七本ずつで、十四本の松。『じゅうし、まつ』です」

「なるほど……ああっ！」

夕雨子はストールを取り落としそうになるほどの声を上げた。

「『ピストルを処分』っていうのはつまり『銃を始末する』ということです。じゅう、しまつ……」

ジュウシマツという一つの言葉から、二つのなぞなぞが生まれるなんて……と、感心している場合ではなかった。

「前畑さん、このデパートってジュウシマツ、売ってます？」

「大崎さん、お忘れですか？　今日から十階催事場で、小鳥フェアが開催されているんです」

すぐさま二人は、十階催事場に向けて走り出した。

7

ジュウシマツの籠は全部で二十あり、売約済みのものもそのまま置かれていた。屋上遊園地で何か不穏なことがあったらしいという噂はすでにフェアのスタッフたちの耳にも届いており、警察官だと夕雨子が告げると、疑うことなく籠を検めさせてもらえた。不審物はすぐに見つかった。一つのジュウシマツの鳥籠の下に、平べったい黒い箱が張り付けてあった。夕雨子は周囲から人を遠ざけ、五階会議室に電話をつないでもらい、爆弾を見つけた旨を報告した。

爆発物処理班は、五分もしないうちにやってきた。彼らは細心の注意を払って鳥籠ごと地下駐車場へ運んでいき、夕雨子は再び五階会議室へ戻った。

ほどなくして処理班班長から有原に、解体は無事すんだという連絡が入った。

「これで、二つ目の爆弾も爆発を防げたというわけね」

野島が満足げに言う。

「有原、約束通り、私たちにも捜査権を」

「そんな約束はしていない」

「よくそんな偉そうな口を叩けるわね。一つ目の爆弾も二つ目の爆弾も、うちの大崎が見つけてきたんでしょ」

「ああ。それについてだが」と、有原は夕雨子を睨みつけた。本庁の他の捜査員たちも、夕雨子に厳しい視線を向けている。体中が恐れでしびれる気がする。蛇に睨まれたカエルというのは、こういう心境をいうのだろうか。

「大崎巡査。君は少し、勘が良すぎないか」

「は、はい？」

「あのような不可解ななぞなぞの答えをすぐに当てることができるなど。ジュウシマツの件に関しては、なぞなぞの体裁すら取っていなかった。先ほど私の部下と話していたのだが、君は犯人と通じているんじゃないのか？」

頭の中が真っ白になりそうになる。まさか、疑われるなんて！

「何を寝ぼけたことを言ってるのよ！　大崎は正真正銘、警視庁中野署刑事課の警察官よ」

野島が有原を怒鳴りつける。

「警察官が犯罪を犯したケースなど過去に掃いて捨てるほどある。考えてみれば、今朝一番の爆発が中野署管内で起こったというのもおかしな話だ。犯人の狙いは、ここ、新宿の京竹デパートにあったというのに」

「警察は二十六万人の家族。あんた、家族を疑うというのね」

「もうやめてください！」

夕雨子は叫んだ。

「なぞなぞを解いたのは、私じゃないんです」

野島と有原は夕雨子の顔に目をやった。二人とも意外そうだった。

「とてもなぞなぞの得意な人がいるんです。その人に聞いたんです」

「何者だ、そいつは」

「その……」と野島のほうを見ながらさりげなくストールに手をやった。野島はすぐに察したようだ。

「ひょっとして、あのなぞなぞ作家さん？」

野島の目が、話を合わせろと言っていた。

「そ、そうです！」

「なぞなぞ作家？　なんだ、そいつは？」

「雑誌に載せるなぞなぞを作っている人が、大崎の知り合いにいるのよ」

「そうなんです。さっき、電話して訊いたんです」

「事件のことを話していないだろうな」

「まさか！　『ちょっと解けないなぞなぞがあって、助けてほしいの』って言ったら、すぐに解いてくれました」

有原の疑わしそうな視線に、夕雨子は全身が硬直しそうになる。だがやがて有原は「勝手にしろ」と、二人から離れていった。

＊

犯人からの新たな電話を待つ時間が、ゆっくりと過ぎていった。店長室にかかってきた電話は、会議室にあるプッシュホンに直接転送されるようにセットしてある。さらに水沼によってノートパソコンに接続され、録音されると同時に室内の全員に聞こえるようになっている。だが、そのプッシュホンは死んだように黙っているのだ。

まるで死刑の執行を待つ囚人たちのように息詰まった雰囲気だった。ひょっとして犯人は、立て続けにこちらが爆弾のありかを見つけたことに憤りを感じ、次の爆弾については予告をせずに起爆させるつもりではないか。そんな疑念に焦る者もいた。

長すぎる待機時間。一同のあいだに疲れが見えはじめた、そのときだった。

突如として机の上のプッシュホンが鳴り出した。

緊張が走る。夕雨子はとっさに時計を見た。三時三十分。さっきの爆弾を解除してから一時間以上が経過したことになる。

有原はプッシュホンに手を伸ばす宇野に少し待つように指示を出し、無線機を口に近づけた。

「店長室の電話に着信。そばに携帯電話をかけている者がいないかチェックしろ」

デパート内の捜査員たちに命じた。そして水沼に確認を取ると、宇野に視線をやり、無言で受話器を取るように促す。宇野は受話器を取った。

「はい。京竹デパート新宿本店、店長室です」

〈わたしだ。きさまら、けいさつをよんだな〉

「えっ？」

宇野店長は、予想外の一言に、どう答えていいのかわからないという目を有原に向けた。

「そ、そんなことは、決して……」

〈かくさなくてもいい。こうなったらけいさつとのちえくらべといこう。さいごのばくだんだ。これはいままでのふたつよりおもいのこもったものだ。きゃくをきけんにまきこむのはほんいではない。いまからきゃくをひなんさせることをみとめる。だいさんのばくだんがばくはつするのは、ごごよじきっかりだ〉

「よ、四時……」

〈それまでにきゃくもじゅうぎょういんもひなんさせろ〉

……避難？

「なんで？」

野島が疑問を口にした。有原が人差し指を口元にあて、静かにしろという合図を送った。

「どうして今まで客を避難させることをずっと拒否していたのに、今回に限って避難させろなんて言うのよ」

「黙れ！」

ついに有原は声を上げた。

〈わたしはふぇあなにんげんだ〉

犯人は淡々としていた。

〈おしえてやる。ごかいにはいっている、ねくたいせんもんてんの、どまんなかだ〉

「ネクタイ専門店？」

〈いいな。くれぐれも、ごごよじまでには、ひなんさせるんだ〉

通話は切れた。

「なんだかやっぱり、そっけない感じだったよね。初めの、人を食った感じはどこへ行っちゃったんだろう？」

夕雨子ですら余計だと感じることを、野島はずけずけと口にする。有原は当然のように無視をし、真っ青な顔の宇野店長を見た。

「ネクタイ専門店というのは？」

「五階紳士服売り場フロアに、ございます」

ホワイトボードの見取り図に目をやる一同。夕雨子は、《ネクタイ・ガーデン》という店で捜査員らしき男性を見かけて逃げ出したことを思い出していた。

「有原より総員へ。犯人らしきものを見た者はいるか」

無線マイクに向かって有原は問いかけるが、誰からも期待したような返事はないようだった。有原は続けた。

「犯人から、五階のネクタイ専門店、《ネクタイ・ガーデン》の店舗内に爆弾を仕掛けたという声明あり」

「『店舗内』じゃなくて、『どまんなか』でしょ」

野島の細かい指摘を、有原は聞いていなかった。

「また、犯人はこれまでの声明を覆し、デパートから従業員と買い物客を避難させることを指示してきた。爆発物処理班は五階へ。その他の者は、デパートから従業員と買い物客を外へ避難させるように。総員、協力せよ」

了解、という声が無線の向こうから聞こえた。

「私たちも、避難の手伝いに協力するわ。人数は多いほうがいいでしょ？」

有原は疑わし気に野島を見ていたが、「勝手にしろ」と吐き捨て、水沼技官に何か指示を与えはじめた。ようやく解放されたといわんばかりに野島は喜び、夕雨子を連れて廊下へ出る。

ドアが閉まるや否や、野島は夕雨子に言った。

「ネクタイ売り場のど真ん中っていうのも、きっとなぞなぞよ」

「えっ？　《ネクタイ・ガーデン》じゃないんですか？」

「これまでのパターンを変えるような犯人とは思えない。大崎は屋上に行って、例のピエロになぞなぞのヒントを訊いてきて」

クララのことは、犯人からの電話を待っている間に有原たちの目を盗んで野島に伝えてあった。

「野島さんは一緒に行かないんですか?」

「私は幽霊と話ができないから、行ってもしょうがないでしょ。それより私は私で、調べたいことがあるから」

調べたいことがある——野島がそう言ったときには、事件解決につながる情報の場合が多い。きっと会議室に足止めされ、入ってくるわずかな情報から、犯人逮捕につながる推理を頭の中で繰り広げていたのだろう。

「調べたいことって、何ですか?」

一刻を争う状況であるのはわかっているけれど、夕雨子は気になって訊いた。

「この事件の犯人は、一種の愉快犯。中野署にかかってきた電話と、宇野店長にかかってきた第一の電話では、相手の焦る様子を感じながら、会話を楽しんでいたわ。だけど、第二、第三の爆弾の声明は、実に淡々としていた。まるで会話などするつもりがないかのように」

「はい、たしかに。でも、それがどうしたんですか? まさか、前二つと、後二つの電話は、かけた人間が違うとか」

「いや、抑揚や息遣いなどは一緒だった。そうじゃなくて、第二、第三の電話は、会話なんて初めからできなかったんだよ」

「会話なんて、できなかった？」

どういうことですか、と訊こうとしたそのとき、館内放送を告げるチャイムが鳴った。

〈お客様にお伝えします。当デパートはただいま、緊急を要する状況に置かれていま す。誠に申し訳ございませんが、従業員や警備員の指示に従い、速やかに建物の外へ避難していただくよう、お願いします。繰り返します――〉

抑揚のない女性の声だったが、それが却って緊急性をあおるように夕雨子には聞こえた。買い物客たちがパニックに陥っていなければいいけど。

「時間がないわ。あんたは早く屋上へ。なぞなぞの答えがわかったら私に連絡を」

指示を出しながら、野島はスマートフォンを取り出していた。いったいどこにかけようと……いや、そんなことを質問している暇はない。夕雨子は夕雨子でストールを外しながら、階段を駆け上がっていく。もう時間がない。

「大崎さん」

九階を過ぎたあたりで、下から誰かが追ってくる気配がした。振り返ると、前畑だった。

「いったい、どういうことなんですか。あんなに従業員やお客様を避難させるのを拒んでいたはずが、今になって一斉に避難させるなんて。従業員たちもパニックになって、しきりに訊ねてきます。けが人が出るかもしれません」

「犯人からの指示なんです。次の爆発は午後四時ぴったりということです」

「四時って、あと三十分もないじゃないですか」

小さな体ながら、前畑の脚力は大したもので、夕雨子にぴったり追いついてくる。コンシェルジュだけあり、普段からこのデパートの中を駆け回っているのだろう。

「また、なぞなぞですか」

「はい。私の上司はそう言っています」

二人は屋上にたどり着いた。屋外カフェスペースには人っ子一人いない。従業員もすでに避難済みだった。向かいの自動ドアへ走る。ゲーム機や乗り物が愉快な音楽をむなしく演奏し続けるがらんとした屋内遊園地。もうおなじみとなったカエルのベンチの前で、クララは新体操で使う棍《こん》棒に似たものをジャグリングしていた。

「クララさん！」

呼びかけるとクララは嬉しそうに笑った。

「このデパートの五階のネクタイ屋のど真ん中。この言葉が表すのは、ネクタイ専門店でないとしたら、どこですか？」

　クララの反応は、今までの二回とは違った。メイクの下の顔が意外そうにしているのがわかった。嫌な予感がする。

　クララは腕を組み、大げさに首を右に傾け、体操のように反動をつけて左に傾ける。悩んでいるジェスチャーだったが、やがて「お手上げ」というように両手を開き、肩を上げた。

「大崎さん、時間が……」

　そばにある大きな掛け時計を指さす前畑。四時まで、あと二十分。夕雨子は身をひるがえし、再び屋外へ飛び出した。

「どこへ行くんです、大崎さん？」

「《ネクタイ・ガーデン》です。本当にあそこに、爆弾があるかもしれません！」

　そんなことはないだろう、ともう一人の夕雨子が心の中で言う。だけど、ただここでなぞなぞの答えを待っているのは耐えられなかった。ほとんど祈るような気持ちで、階段を駆け下りる。

　前畑は、追ってはこなかった。

　五階にたどり着き、誰もいない紳士服売り場を駆け抜ける。《ネクタイ・ガーデン》の前には、商品であるネクタイが乱雑に放り出されており、店舗内に爆発物処理班が入り込んでいた。その背後に、処理班の挙動をかたずをのんで見守っている捜査員が一人。たしか、神原という名前だ。

「神原さん、見つかりましたか？」

息を切らしながら訊ねると、神原は「あっ？」と威圧的に夕雨子を睨み返し、

「まだだ。そもそも、この店舗にはないかもしれない」

そう言い返した。

「有原さんは？」

「会議室で指揮を執っている」

それならば、情報はそこに集まるはずだ。夕雨子は会議室へ走った。

開いたままのドアから会議室に飛び込むと、有原、野島、技官の水沼、それに店長の宇野がいた。宇野は頬に両手をあて、この世の終わりのような顔をして一点を見つめている。有原は奥歯を砕かんばかりのしかめ面で時計を眺め、水沼でさえ、ヘッドフォンを耳から首に移し、そわそわしている。

「大崎、なぞなぞの答えは？」

野島でさえも、殺気立っているのがその声でわかった。

「わかりません。彼女も、お手上げみたいです……」

「なぞなぞだとか、まだそんなことを言っているのか、お前らはっ！」

有原は机を叩きつけ、唾をまき散らす。

進展もないまま、時間だけがすぎていった。

「四時まであと五分です」

張り詰める空気の中、パソコン画面を見つめたまま水沼が、乾いた声で告げた。

「くそっ！　たとえ犯人を捕まえたとしても間に合わん！」

叫ぶ有原を、野島は一瞥する。そしてすぐさま、水沼のほうに視線を移した。

「ねえ、あんた……」

「大崎さん、私、わかりました！」

「えっ!?」

夕雨子は振り返った。開いたままのドアから、さっき屋上で別れたばかりの前畑が飛び込んできたのだった。

「二階の『タイガー』です！」

野島も言葉を継ぐのをやめ、入ってきた前畑のほうを向く。

「ネクタイ売り場というのはやはり、《ネクタイ・ガーデン》のことです。ですが、『どまんなか』というのは、店舗の真ん中ではなく、店名のど真ん中のことなんです」

どういうこと……？　と、少し考えて、

「……あっ！」

夕雨子はわかった。前畑とともに会議室を飛び出し、階段ではなく、販売スペースのほうへ走る。

「どうしたの、大崎？」

野島が追ってきた。その後ろから、有原も追ってくる。二人とも、前畑の言った意味がわかっていないようだった。この状況で、なぞなぞのことなど考えていられないのかもしれない。

「《ネクタイ・ガーデン》という店名のど真ん中を取るんです。つまり、『タイガー』です。二階に、京竹デパートのシンボルである虎の像があるんですよ」

「なるほど！」

四人はすぐに、《ネクタイ・ガーデン》へ駆けつけた。有原の指示で、爆発物処理班はすぐに道具をまとめ、一同そろって、エスカレーターで階下へ向かう。夕雨子は腕時計を見た。四時まで、あと三分。間に合うだろうか……。

シンボルの虎の周囲の広場も、がらんとしたものだった。

「かかれっ！」

班長の号令に、処理班の班員たちが虎の像の周囲を調べ始める。やがて、後ろ足のまわりの植え込みを探っていた一人が「ありました！」と声を張り上げた。

「凍結！」

班員の一人がスプレーを持ち、対象物に吹きかける。そこからの手際はさすがとしかいいようがなかった。三十秒もかからないうちに、「完了！」の声が聞こえた。

「時限起爆装置、解除、完了いたしました」

有原に敬礼をする班長。同時に、教会の鐘のような音が鳴り響いた。

〈京竹デパートが、午後四時をお知らせ致します〉

自動で流れる館内放送だった。張り詰めた空気が一気にほどけ、班員や捜査員がお互いをたたえ合いはじめる。夕雨子も一気に気が抜け、フリースペースの白い椅子に腰かけた。

「やりましたね」

傍らに立ったまま笑顔を向けてくる前畑。「ええ……」と夕雨子が答えたそのとき、

「はーい、みんな。気を抜かない。これからが正念場だから！」

ぱんぱんと手を叩き、野島が注目を集めた。有原の眉がまた険しくなる。

「正念場だと？　馬鹿を言え。これ以上、何をするというんだ」

「決まってるでしょ」

野島は有原の高慢な鼻先に、人差し指を突き立てる。

「犯人の逮捕よ」

8

夕雨子は一人で、五階会議室へ戻った。階下の喧騒が嘘のようにひっそりとしている。

開いたままのドアから入ると、宇野店長が待っていたとばかりに立ち上がった。水沼も、不健康そうな目を夕雨子のほうへ向ける。

「三つ目の爆弾、解除されました」

夕雨子が告げると、宇野店長は一気に力が抜けたように、椅子に腰を落とした。ワイシャツの上から心臓を押さえるような格好になっている。水沼は首からヘッドフォンを外してテーブルへ置くと、「そうですか」とだけつぶやいた。

「水沼さん。有原さんが呼んでいます」

「はい？　僕を？」

「そうです。他の人たちは手が離せなくって、私がお呼びすることになりました。初めは帰れって言ってたのに、すっかり部下扱いですよ。三つ目の爆弾が仕掛けられていたところまで、一緒に来てもらえます？」

水沼は立ち上がり、ドアのところまでやってきた。怪我でもしているのか、右足を引きずるような歩き方だった。夕雨子は体をずらす。水沼が先に廊下に出たところで、「ああ……」苦しげに聞こえる声を出した。

「私、ちょっとお手洗いに。さっき、ジャスミンティー飲んだから」

「またですか。寝る前でもないのに」

「好きなんですよ、ジャスミンティー。先、行っててもらえます？　すぐに追いますから」

水沼はうなずき、歩き出す。夕雨子はトイレの角に一度隠れると、顔だけ出して彼の後ろ姿を目で追った。販売スペースではなく、エレベーターのほうへ歩いている。こっそりあとをつけると、水沼は従業員用エレベーターの前に立ち、下のボタンを押していた。

「よく、下だってわかったわね」

エレベーターの近くに積んであった在庫の段ボール箱の陰から、野島が出てきた。背後に、有原の部下の捜査員たちも控えている。ぎょっとしている水沼の脇を小走りで通り抜け、夕雨子は野島のそばへやってきた。

「さっき、なぞなぞの答えにピンときた大崎が会議室を出るとき、行先は言わなかった。しかもあなたは、無線機は持たされていないと言っていた。あの流れなら《ネクタイ・ガーデン》に向かうのが妥当でしょう。どうして、三つ目の爆弾が下の階だとわかったの？」

隈のある目が、二回瞬いた。その口が何も言い訳をしないと見るや、野島は続けた。

「中野署にかかってきた電話と、宇野店長にかかってきた初めの電話。この二つでは犯人は相手をおちょくるように会話を楽しんでいたわ。ところが、三回目、四回目の電話では実に淡々としていた。会話をするどころか、爆弾が解除されたことについても何もコメントしなかった。なんでだろうと考えて、私は気づいたの。コメントしなかったんじゃなくて、できなかったんじゃないかって。後の二つの電話は、あらかじめ録音されたものを、時間通りに電話するようにセットされていたものだった」

野島の眼光が、水沼を捕らえて離さない。

「なぜ、わざわざそんなことをするのか。答えは簡単。後の二つの電話の時刻、犯人は現場にいたから。大胆にも逆探知を担当し、犯人がデパート内から携帯電話でかけているなんて大嘘をつけるようにね」

「大嘘だなんて……」

「デパート内からかけているなら、館内放送や人のざわめきが聞こえていないとおかしい」

水沼の言葉を、野島は遮った。

「警視庁時代の仲間に、あなたのお父さんのことを調べてもらったわ。水沼清二《せいじ》、デザイナー。長らく低迷していたけれど、五年前にあるコンペティションで大賞を取った。京竹デパート新宿本店の新しいシンボルとなる像のデザインよ。ところがその話は、直前で覆《くつがえ》った。店長の宇野の知り合いの彫刻家、大木華恩に制作を依頼することになったのね。再起をかけていた水沼清二はショックのあまり酒浸りになり、三年前に入院。今はもうまともな話もできない状態になっているそうね」

水沼の両手はズボンの大腿部をせわしなく往復している。

「父親をそんな目に遭わせた京竹デパートと虎の彫刻を憎んだあなたは、復讐を誓った。今日、わざわざ志願してこの現場に来たのは、逆探知の嘘をつくのとは別に、あなたにとって重要な目的があった。宇野店長が慌てふためくのを、目の前で見ることよ」

そのとき、エレベーターの到着音がした。開き始めたドアの間に、水沼は細い体を滑り込ませる。

「待ちなさい！」

野島は追って飛び込む。捜査員たちがそれに続き、ためらったが、夕雨子も乗り込んだ。ドアが閉まったときには、野島たちはすでに水沼の体をねじ伏せていた。まだ残っていた白い鳥の羽根が、あたりに舞っている。ドアは閉まり、エレベーターは下降をはじめる。

「離せ！　俺がやったという決定的な証拠はないはずだ。父のことだって、偶然だ！」

どこにそんな元気があったのかというほどの声を、水沼は張り上げていた。

「そんな言い訳が通用すると、思ってんの？」

野島が迫ったそのとき、エレベーターは止まり、ドアが開いた。乗ってきたのは、有原だった。戸惑う夕雨子を手で押しのけると、有原は押さえつけられている水沼のそばにしゃがみこんだ。

「水沼。お前の住んでいる寮の部屋に派遣した班から、作りかけの爆弾がいくつか見つかった。どうやら、今日このデパートで見つかった爆弾とまったく同じ部品が使用されているらしい。どういうことか、説明してもらおうか」

血走った眼で有原を見上げていた水沼だが、やがて観念したように、汚れた床に頬を落とした。

9

宇野店長の裁量により、本日の京竹デパートの営業は終了となった。屋内遊園地を子どもたちの幸せな笑い声が満たすのは、また明日のことになるだろう。

照明も落ち、今日このデパートであった狂騒が嘘のように静まり返っている。

夕雨子は一人、カエルのベンチの前にいた。

クララはそこにちょこんと座り、夕雨子を見上げていた。

「本当に今日は、ありがとうございました」

深々と頭を下げる。

「私のほうからも、お礼を言わせてください」

背後の声に振り返ると、前畑が立っていた。夕雨子は彼女と微笑み合い、改めて、クララに向き直る。声を合わせてお礼を言いながら頭を下げると、クララは照れくさそうに笑い、すーっと消えていった。

「いなくなっちゃいましたか？」前畑が訊ねた。はい、と夕雨子は答える。

「でも、成仏とはちょっと違うと思います。彼女はまだしばらくここにいるはずです。きっと、このデパートがすごく好きなんです」

「そうですか」

「前畑さん。帰る前にお会いできてよかったです。下まで一緒に行きませんか」

前畑はにっこり笑って従った。連れ立って自動ドアから出て、カフェスペースを横切り、エレベーターの前へ。夕雨子は何も言わず立ち止まった。

「ボタン、押してもらえますか？」

前畑はやっぱり、そう頼んだ。

「初めにそう言われたときに、気づけたはずでした」

言いながら夕雨子はボタンを押す。前畑は不思議そうな顔をしていた。

「何のことですか？」

「さっき、五階会議室に前畑さんが飛び込んできて、なぞなぞの答えを大声で言ったじゃないですか。ところが私の上司の野島も、有原さんも、そのことがわかっていないようでした。そればかりか野島は、水沼さんを自白させるために、水沼さんが三つ目の爆弾を仕掛けた階を知らなかったはず、という根拠を使ったんです。前畑さんがあんなに大きく『二階のタイガー』って言ったにもかかわらず」

夕雨子は前畑のほうを向いた。

「私、それでようやく気づきましたよ。野島も、有原さんも、水沼さんも、宇野店長も、あの部屋にいた私以外の誰にも、前畑さんの声は聞こえていなかったんだということに」

エレベーターがやってきた。二人は同時に乗り込む。前畑はすました顔で、ボタンを指さした。夕雨子は「1」を押す。やっぱり前畑は、実体のあるものを動かすことはできないタイプのようだ。初めて二人でエレベーターに乗ったときも、ボタンを押したのは夕雨子のほうだった。

「考えてみれば、前畑さんと私は、他の人の前では話をしていませんでした。しかも、話をしたのは、この、霊を見えなくする力を持つストールをつけていないときばかりです」

「……やっぱりそのストール、そういう力があるんですね。なんか、いやな感じがしていたから」

ドアが閉まり、エレベーターは静かに下降をはじめた。

「前畑さん、私、まだわからないことがあるんです。店長さんに訊いたら、前畑という従業員には覚えがないとのことでした。過去のも含めて従業員名簿を見せてもらいましたが、コンシェルジュにも、それどころか歴代の従業員にも、前畑なんて名前の人はいなかったんです」

前畑は、夕雨子から目をそらす。

「あなた、いったい、誰なんですか？」

しばらく階数表示を眺めたままだった前畑だが、やがて口を開いた。

「泥棒です……でした」

「泥棒？」

「子どものころ、このデパートで両親とはぐれて泣いていたら、お姉さんがとても優しくしてくれました。デパートコンシェルジュという役の人だったことを後で知り、絶対になりたいと思って、大人になってから就職活動をしたんですが、ダメでした。しょうがないんで、デザインの学校に通って、この制服を作ったんです」

「それ、自分で作ったんですか？」

その執念に、夕雨子は驚いた。

「はい。それで、これを着てデパートに出入りしたら、驚くほど誰も気づかないんですよ。それで、調子に乗ってしまったんでしょうね。従業員のロッカールームに入って、ちょっと盗みを」

そういえば宇野店長は、ロッカーの鍵を従業員が個人管理するようになったいきさつを、盗難事件があったからだと話していた。

「それでも、悪いことはできないものです。見つかって、裏階段を必死で逃げているときに足を踏み外し、頭を打って……気づいたら、こうなっていたんです。死人が出たと世に知られたらまずいですから、デパートは公にはしていません。報道も、されたのかどうか」

他人事のように、それでもどこか寂しげに、前畑は笑った。

「それ以来、ここに？」

「はい」

「私に目を付けたのは……」

「こっち側からは、わかるものなんですよ。そういう力のある人って」

少し心あたりのあることだったので、夕雨子は素直にうなずいた。そして、真剣な思いを伝えなければならないと思った。

「前畑さん。私は、あなたに何かしてあげられるでしょうか。あなたはいつまでもここにいてはいけないと思うんです」

するると前畑は夕雨子のほうを見て、微笑んだ。

「大丈夫です。もう、向こうに行けます」

「えっ？」

「ひねくれているのは承知ですが、私は私でやっぱり、このデパートのことが好きなんですよ。ちゃんと、このデパートのためになることができて、よかったって思っています。独りよがりだと思いますか」

夕雨子は首を振った。

「最後のなぞなぞを解いたのは前畑さんです。ありがとうございました」

前畑は、嬉しそうに微笑んだ。

「こちらこそ、ありがとうございました」

エレベーターは、一階に着いた。扉が開く。

するとそこには、野島の他に、宇野店長とたくさんの店員が待ち構えていた。

「大崎、お礼は済んだの？」

「はい」

デパートの従業員たちにたたえられつつ、エントランスを出ていく。なんか照れ臭いわねと言う野島にうなずき、夕雨子は、振り返った。

そろって頭を下げる従業員たち。その背後で手を振りながら、偽物のコンシェルジュは黄色の光に包まれて、幸せそうに姿を消していった。

第四話　思い出の場所

1

冬の朝の冷気が、頬を刺す。

大崎夕雨子は交差点で他の通勤者と信号待ちをしながら、大きなあくびをした。あくびは白い塊となって、空気の中に消えていく。歩道にいる夕雨子の目の前を、車がびゅんびゅん通過していく。歩行者用信号が青になるまで、あと目盛り二つ分。

「ん？」

聞き覚えのある声に振り返ると、同僚の早坂守がいた。

「おはようございます」

「出勤前から大崎の顔を見なきゃならないなんて、憂鬱な一日になりそうだぜ」

挨拶をしたのに、早坂は憎まれ口を返してくる。

こっちだって憂鬱です——口には出さないが、夕雨子はそう思った。

憂鬱なのは、早坂だけが理由ではない。

午前中は、昨日の昼間に発生した住宅街の窃盗事件の聞き込みの続きだ。庭に面した窓をガラス切りで切断して侵入するという手口が、隣接する杉並署管内で起きている何件かの事件とまったく同じであり、合同捜査になった。その杉並署の刑事課に、夕雨子の苦手な男性刑事がいるのだった。

古山《ふるやま》というその刑事は三十代半ばで、独身。頭はけっこう薄くなってきており、決して太ってはいないが、丸い輪郭と上向きの鼻がどうもブタを連想させる。見た目は別にいいのだけど古山は明らかに夕雨子を若い女性刑事だと見下しているのだった。昨日、中野署の刑事課に現れた彼は、夕雨子の相棒である野島友梨香にはへこへこするくせに（きっと、元本庁の刑事という経歴が影響しているのだろう）、夕雨子には「お茶、出してくれないの？」とか「本当に君が聞き込みに同行するの？」とか、いちいちつっかかってくるのだった。「そのストール、オバサンくさいね。オシャレするならもっと雑誌とか読んだほうがいいんじゃない」と言われたときには、さすがに愛想笑いすら出なかった。

夕雨子だって、決して自分が頼りがいのある刑事でないことは自覚しているが、それをあからさまに態度に出されるとむっとする。最悪なことになぜか、今日はその古山と一緒に、現地の聞き込みをしにいくことになってしまったのだった。

九時には古山が中野署に迎えに来る……。なんとか、古山じゃない人と代わってくれないかと、残り一つになった赤信号の目盛りを見つめていたそのときだった。

ふらりと、夕雨子の右隣から黒い影が前に出た。出たというより、押し出されたといったほうがいいような感じだった。

えっ――と思ったときにはもう遅かった。火薬が破裂したような大きな音とともに、その男性は宙に舞い上がった。

撥ねたのは黒いセダンで、そのまま猛スピードで他の車を追い抜いて去っていく。信号待ちをしていた群衆の目の前で、黒いコートの男性は地面に叩きつけられた。

両手両足がだらりとし、まったく動く気配がない。事態を悟って、車もトラックも止まる。

女性の悲鳴。誰かが嘔吐するような音。責任逃れのように逃げ出す男性。呆然と立ち尽くす女子高生――、いつもの朝の光景が一瞬にして恐怖の絵に変わり、青になった歩行者信号だけがのんきにヒヨコの声を鳴らしている。

「おい、おい……」

「警察です！」

青ざめる早坂の横で、夕雨子は声を張り上げ、道路に出ていった。ざわめく人々を落ち着かせつつ、「早坂さん、救急車を！」と叫ぶ。

「お、おう」早坂がスマートフォンを取り出したのを確認し、今度は道路に出て、交通整理をはじめた。

「今の人、後ろから押されたのよっ！　押した男、あっちに逃げたわ！」

灰色のチェスターコートの女性が、駅とは反対方面を指さしていた。一同の視線はそちらに移動する。

「早坂さん、追ってください！」

「えっ？　お、おう……」

スマートフォンを耳に当てたまま、早坂は走り出した。

「――えっ、どうなったんだ？」

〝声〟が聞こえたのはその直後だった。ざわりとして振り返ると、黒いコート姿のビジネスマンが路上に立って頭を押さえている。倒れている男性と、まったく同じコートだった。

いつのまにかストールが首から落ちていた。ああ、やってしまった……と思うと同時に、この人、もう助からないいんだという悲しい気持ちがこみ上げてくる。

「――えっ。一体、俺は……」

きょろきょろとあたりを見回す彼と、目が合った。その顔は生気を失い、額から血が垂れている。

「――そうだ。カバンは？　カバンはどこだ」

男は自分に起きたことをまだ理解できず、人の間を抜けながら自分のカバンを探しはじめた。

2

救急車が五分もしないうちに到着した。いよいよ出勤時間のピークが迫っており、勤め人たちが現場を横目に顔をしかめながら、横断歩道を渡っていく。

「警察の方なんですね」

駆け付けた救急隊員のリーダーは夕雨子の警察手帳を見て驚いたように言った。他の隊員たちが手際よく男性を担架に乗せ、救急車へと収容していく。

「はい。出勤途中でした」

「そうでしたか。ご家族に連絡は？」

「いえ、まだです」

男性のカバンは、歩道の人ごみの中に落ちているのが見つかった。撥《は》ねられた衝撃で飛ばされたにしてはおかしい位置だったが、早坂が拾って中を確認すると、財布の中から運転免許証が見つかった。

門井誠《かどいまこと》。三十八歳。

財布の中には他に、株式会社シャイニングマロンの社員証が入っていた。先に職場に連絡を入れると、飯坂《いいざか》と名乗る同僚の男性社員が出た。夕雨子は警察であることを話したうえで、門井が事故に遭ったことを告げた。

飯坂は「えっ？」と言葉を詰まらせ、黙ってしまった。意識不明で救急車を待っていることを簡潔に告げ、家族の連絡先を訊ねた。

家族へは、救急車での搬送先を確認したうえで連絡するつもりだった。

「角筈《つのはず》医科大学病院に搬送します。ご家族に連絡を」

「はい」

救急隊員に答えたそのとき、また、背筋がぞわりとした。思わず後ろを振り返りそうになって我慢した。夕雨子の背後にぴったりくっついている彼は、他の人には見えないのだ。

夕雨子はスマートフォンを取り出し、先ほど聞いた門井の自宅の電話番号を入力する。

「早坂。大崎」

中野署刑事課の棚田がやってきたのは、〈通話〉をタップしようとしたまさにそのときだった。

「棚田さん！」

彼の腰ぎんちゃくのような存在の早坂は、すがるような表情で棚田に駆け寄っていく。

「轢き逃げだそうだな」

棚田は現場を鋭い目で一瞥した。早坂は申し訳なさそうにうなずいた。

早坂は男性が撥ねられた直後、灰色のコートの女性の指さすほうを見て、黒いジャンパー姿の男が走り去っていくのを確認していた。スマートフォンで一一九番の担当と話しつつ彼のあとを追ったが、男の足は速く、見失ってしまったのだった。

「しかも、誰かに背中を押されたようだという目撃証言があります」

早坂に口添えするように、夕雨子も言った。

「私も、すぐそばにいましたが、確かに押されたようです」

「――成沢《なるさわ》の一派だ」

門井の霊が口にするが、夕雨子はもちろん反応しない。

「大崎、お前は病院に同行しろ」

「はい？」

「あとはこっちでやる。悪質な事件なら本庁が出てくる。どうせお前じゃ対応できないだろう。それより病院についていき、門井が意識を取り戻したら、本当に背中を押されたのか、押した人間に心当たりはないか、訊ねておけ」

「――あると言っているだろ。上司の成沢。それに、島尾《しまお》、谷岡《たにおか》……」

「わかりました」

訴え続ける門井を遮るように夕雨子は言うと、救急車に乗り込んだ。

「それでは、出発します」

サイレンが鳴り始め、救急車は動き出した。

救急車という乗り物は、乗り心地は決して良くない。左右に揺られつつ、背中の寒気はいっこうに払拭されない。顔を横に向けると、すぐそこに血だらけの青ざめた門井の顔があるのだった。ストールを巻きたいが、門井が重要なことを言い出すかもしれない。ただ、この顔は怖い。……とにかく、家族に連絡しよう。夕雨子は彼が視界に入らないように肩を回し、スマートフォンの〈通話〉をタップした。

〈はい。門井でございますが〉

呼び出し音が三回ほど鳴って、女性が出た。

「警視庁、中野警察署の大崎と申します。門井誠さんの奥様でしょうか」

〈ええ、そうですが〉

こういうのを告げるのは、一番苦手な仕事だ。

「実は先ほど、ご主人が、交通事故に遭われました」

〈えっ、何を言っているんです？〉

驚きというより、疑いという表現が正しいような口調だ。

「交通事故です。申し上げにくいのですが、だいぶ危険な状態でして。現在救急車で、新宿の角筈医科大学病院に向かっています。今すぐ来られますでしょうか」

〈え、じゃあ、本当に？　ええ。はい……行けますが〉

「こちらの電話番号をお教えします。もしお疑いでしたら、私、大崎夕雨子と言いますので、中野警察署の刑事課にご連絡いただきご確認のうえ、いらしてください」

門井の妻は夕雨子の電話番号を聞いたうえで、通話を切った。目の前では門井の腕に輸血用の管がつながれていた。出血はかなりひどく、その顔から生気はとっくに失せていた。

「――妻は、そんなに心配していなかっただろう」

「そんなことないですよ」

反射的に答えてしまい、しまったと思った。

「――やっぱり、見えているんだな」

門井は夕雨子の前に回り込んできた。下半身は自分の肉体の腰の中に溶けるように透けている。

「何か？」

処置中の救急隊員が不思議そうに夕雨子のほうを見た。

「いいえ、すみません」

答えつつ、門井の目をまっすぐ見る。あなたのことが見えてはいるが、今答えるわけにはいかないんだ……そういう意味を込めて首を小刻みに左右に動かす。

「――反応はしなくていい。しかし、一つ聞いてくれ」

察しのいい霊だ。夕雨子は今度は小さく顎をひき、承諾を示した。

「――俺のカバンの中に、茶色いA4封筒があるか確認してくれないか」

「すみません、門井さんのカバンはありますか？」

救急隊員はストレッチャーの下を指さす。夕雨子は手を入れ、布製の黒いビジネスバッグを引っ張り出した。中はきちんと整理されていてA4の封筒など入っていないことは一目でわかった。「ん……ないです」と、咳ばらいをするふりをして告げる。

「――やっぱり、盗られた。成沢の差し金だ」

カバンを覗き込み、門井は唇をゆがめた。悔しさと怒りのないまぜになった表情だ。

「――俺はもう、助からないのか」

何と答えたらいいのか。黙っていると、門井は夕雨子の顔にその血だらけの顔を近づけてきた。

「――助からないんだな?」

「え、ええ……」小声で答える。「難しいです、残念ながら」

「何が、難しいのですか?」

夕雨子のほうを振り向く救急隊員。今度は少し、いら立っていた。

「すみません。ちょっと、独り言で」

「――刑事だそうだな。頼む。俺の上司、成沢の不正を明るみに出してほしい」

弁解する夕雨子などお構いなく、門井は勝手にしゃべりはじめた。

「――そのままでいいから聞け。俺は、リゾート開発をしているシャイニングマロンという企業の東京本社で、十五年以上経理の仕事をしている。昨今話題のウォーターフロント型リゾートの開発でここ十年間は業績が毎年上がっているが、実は五年前からよからぬことに手を染めてきたんだ。脱税だ」

「だつぜ……!」

夕雨子は叫びそうになり、また救急隊員の不興を招いた。

「――反応するなと言っているだろ」

門井のほうが気を使う始末だった。すみません、と二人に同時に謝る。

「――首謀者は本社の社長と一部の取締役だ。彼らは俺の上司にあたる成沢経理課長を抱きこみ、帳簿の書き換えを指示した。成沢は細心の注意を払い、経理部の中から口が堅いと判断した四人を選んだ。いわば、脱税のプロジェクトチームだ。その中の一人に、私もいる」

額から血を流したままの青白い顔を、門井は伏せる。

「――俺たちはそれ以来、秘密裏に綿密な打ち合わせ繰り返した。念入りな調査の結果、いくつかの受注業者の弱みを握り、絶対に疑われない架空の帳簿を作り上げた。見返りとして俺たちがもらった報酬を差し引いても、その脱税額はとんでもない額にのぼる。俺は四人の中でこの計画にもっとも積極的で、いつしかリーダー的な存在になっていたよ。この五年間、社外はおろか、経理の他の連中にも脱税がばれなかったのは、俺が常に数字合わせに心を砕いていたからだといってもいい。だが、先月のことだ。俺は、ふと思ったんだ」

門井はここで一度、言葉を切った。そして物思いにふけるような顔をした。

「――いつまでも、こんなことをしていて、いいのだろうか……とな」

社長に自首を勧めることを思い立ち、門井は他の三人や上司の成沢課長には内緒で、五年間の脱税の記録をまとめ始めた。もともと、隠しておいた金の出入の記録はすべて持っていたので、整理自体にはそんなに時間はかからなかった、と、門井は言った。

「――そして今日、俺は話をつけるため、社長のマンションへ行く予定だった。封筒には、脱税の記録が入っていたんだ」

その矢先、交差点で背後から押され、車に轢かれた。殺された理由は誰が見ても明らかだ。

3

手術室の前の廊下は暗い。幽霊が一緒なら、なおさらだ。

夕雨子は壁際のベンチに腰掛け、天井を見ていた。蛍光灯がぱちぱちと明滅し、夕雨子の運命をあざ笑っているかのようだった。

「――おい。こんなところでぼーっとしていないで、早く社に行って、成沢を問いただしてくれ」

「奥さんが駆け付けたときに、事情を話さなければなりませんから」

他にも理由があるが、とりあえずそう返答をする。

「――妻のことなどどうでもいい」

夕雨子は驚いた。

「どうでもいいことないですよ」

「——巨額の脱税に比べたら、些末なことだ。君、警察官なんだろう」

「私は警察官で、しかも目撃者です。奥さんは門井さんが車に撥ねられて、気が動転しているはずです。そういった人のケアも、私たちの大事な仕事なんです」

門井は不満そうだったが、

「——俺がここにいることを、妻に話すつもりか？」

そう訊ねた。幽霊のほうからこう訊かれると、困ってしまう。

「どうしたらいいでしょうか。奥さんは今の門井さんみたいな状態の存在を、信じるような人ですか？」

「——さあ、どうだろうな」

妻のことなど何も知らないという感じの冷淡な答えだった。人を見た目で判断してはいけないが、仕事一筋でやってきた男性なのだろう。家庭のことはおろそかにしてきたのかもしれない。

「——俺は、信じるような人間ではなかった。息子には一度、『そんなものはいない』と言ってやったこともある」

「息子さんがいるんですか？」

「——ああ。友だちに借りたとかで、妖怪の本を読んでいたことがあった。そんな非科学的なものは勉強に差しさわりがあるから読むなと言ってやった」

「幽霊と妖怪は違います」

「――どう違う？」

「幽霊はいますけど、妖怪はいません。……少なくとも、私は見たことがありません」

門井はくだらないというように首を振り、無言で天井を見上げた。たしかに意味のない主張だったけれど、幽霊のほうから話を切り上げられたことに、夕雨子は少しむっとした。

「大崎」

そのとき、廊下の向こうからトレンチコートを着た野島がやってきた。

「野島さん」

「棚田に言われて、すっ飛んできたわよ。それにしても、棚田のやつ、目撃者であるあんたを救急車に乗せて病院に同行させるなんて、何を考えているのかしらね」

「悪質な轢き逃げなので本庁が出てくるかもしれないと言っていました」

「本庁に手柄を見せつけようってこと？　本当に、安易だね。……ところで」

と、野島は夕雨子の手元のストールを指さした。

「もう見えてる？」

「はい」

「ということは、被害者の命は」

「残念ながら、ほぼ絶望的です」

夕雨子は告げ、門井の立っている位置を手で示した。

「ここに、いらっしゃいます」

野島は急に寒くなったらしく、ぶるっと震えた。夕雨子は門井のほうを向く。

「ご紹介遅れました。門井さん。野島友梨香といって、私と同じく中野署の刑事です」

「——誰でもいい。とにかく、うちの会社の脱税を摘発しろ」

「それには問題が」

「——妻のことなどいい。医者が説明してくれるだろう」

「それ以外に問題があるんです」

ぱちんぱちんと野島が手を叩く。

「いつもながらに、私を無視して幽霊と話をしないで」

夕雨子は、救急車の中で門井から聞いたことを簡潔に話した。

「なるほどねえ」野島は納得したようにうなずく。夕雨子と違い、大規模な脱税と聞いても落ち着いたものだった。

「それなら、轢き逃げされた理由ははっきりするわね。ただ、脱税の件から迫るのは難しいね」

「――なぜだ？　社長のマンションは中野区内にある。りっぱな管内だ」

自分の声の届かない相手に、門井が反発した。

「私たちは刑事課で、強盗、殺人、窃盗、そういうのの担当ですから」

「――脱税の証拠があればいいんだろう？　会社のパソコンにデータが残っている」

「どうでしょう。門井さんの行動に気づいているのだとしたら、もう消してしまったかもしれません」

「――誰がやったかは明らかだ。成沢課長が自ら手を下したとは考えられないから、谷岡か、島尾か、鏑木《かぶらぎ》を当たってくれ」

「何も根拠がないのに当たることは……」

「すみません」

廊下の奥から声をかけられた。いつの間にか、ワンピースの女性と少年が立っていた。女性は年齢は三十代半ば、薄手の黄土色のコートを着て、その顔はかなり不安げだった。

「門井由紀子《ゆきこ》と言います」

震えるような声で、彼女は言った。

「――真司郎《しんじろう》……」

幽霊の門井は少年の顔を意外そうに見ている。とりあえず、夕雨子は挨拶をする。

「お電話差し上げました、中野署の大崎です」

「野島です。そちらは？」

「息子の真司郎です。学校を早退させてきたんです」

少年は、土で作った人形のように無表情だった。

「夫はどうなのでしょうか」

「今、手術をしているところです」

手術室のほうを振り返りつつ、夕雨子は答えた。野島が、母親の袖を引っ張り、その耳に小声で告げた。

「申し上げにくいのですが奥様、門井さんは何者かによって、車道に押し出されたようなのです」

「えっ……」

「誰か、犯人に心当たりはございませんか？」

彼女の口から脱税の言葉が出れば、シャイニングマロンの経理に聞き込みをかけることができると踏んだのだろう。だが彼女は首を振った。

「さあ。あの人のことはよくわかりません。……最近はすっかり、会話がありませんでした。今朝も、いつ家を出たのかわからないくらいです」

ちらりと門井のほうを盗み見ると、妻の言う通りだと言わんばかりの顔をしていた。

そのとき、夕雨子のスマートフォンが震えた。断って一同のもとを離れ、電話に出る。

〈大崎、まだ病院か？〉

棚田だった。

「はい」

〈被害者は意識を回復させたか？〉

「まだです。というか、回復できるかどうか……」

〈今すぐこっちに戻ってこい〉

有無を言わさぬ口調だった。

「でも、今ようやく門井さんの奥さんが到着したところなんです」

〈本庁の有原さんたちが来る。犯人の目撃証言が必要だ〉

「でも……」

〈繰り返す。有原さんが、来るんだ〉

そんなに有原が偉いというのか。そんなふうに言い返せるはずもなく、夕雨子ははい、と答えた。

4

「有原が来るって？」

運転席の野島は、生き生きとしている。

「うちに捜査本部が立つ。ということは、轢き逃げがだいぶ悪質だと判断されたわけね。……裏に脱税が絡んでいることも気づいている感じだった？」

「わかりません。有原さんと直接話したわけじゃありませんから」

「そうよね」

野島はそういったきり、黙ってしまった。

「野島さん、本庁では有原さんとコンビを組んでいたことがあるそうですね」

「ん？」

「棚田さんが言っていました。何か失敗をして中野署に飛ばされてきたということも。港区の、アマチュアバンドの殺人じけ……」

「あんたには関係ないでしょ」

一瞬にして壁を作られた。

「私は、私の正しいと思ったことをしただけ。まあ、あいつにしてみれば、すぐ手の届きそうなところまで迫った手柄が私のせいで逃げてしまったようなものだから、面白くはなかっただろうけど」

　自嘲気味に笑うと、野島は続けた。

「『警察は大きな組織だ。それを意識できないやつは去れ』。有原にもさらに上のやつにも怒鳴られてね。私は組織で働くには向かない。それはわかっている。でも、犯罪に困っている人間の助けができないなら、警察なんて意味がないじゃない？　私は、私の人助けをするために、本庁に戻る必要があるの」

　本庁に勤めていた人間ならではの葛藤があるようだった。何と声をかけていいかわからず黙っていると、

「――組織で働くというのはやっかいなものだ」

　後部座席から声がしたので、わっ、と叫んでしまった。門井誠の姿がそこにはあった。

「――上司の命令で脱税の手伝いをするうち、すっかりそれが当たり前になっていた。組織で働くというのは、個を殺すことなのかもしれない」

「ねえ、いるの？」

　野島が訊ねる。

「ええ、います。門井さん、病院に戻ってください」

「——どうせ、もう死ぬんだ。それよりは、自分を殺した人間の逮捕に協力したい」

「気持ちはわかりますが、ご家族のそばにいてあげたほうが」

「——さっきも言っただろう。妻とのあいだにもう会話などない。仕事が忙しかったということにしていたが、言い訳だ。その前からもうずっと、冷え切っていた」

「息子さんは？　真司郎くんでしたっけ。寂しそうでしたよ」

「——もう二年も親らしいことはしていない。学校の行事にも行けてないし、子育ても妻に任せっきりだ」

「二年も……」

夕雨子はそれだけ言って黙ってしまった。今でこそ夕雨子だって両親と会話らしい会話もないけれど、小学生の頃は家族とべったりだった。和菓子屋を経営しているため、遠出や旅行はめったにしなかったが、毎晩の夕食時の会話は明るいものだった。二年も父親と話をしていない小学生の男の子の寂しさとは、どんなものだろう。

「前は、遊んだりしていたんですか？」

「——そうだな。昔は、一緒にサッカーをしたものだ」

「サッカー」

「——ああ。学校の友達とサッカーをしてもなかなかうまくいかないから見てくれと。こう見えても俺は、中学の頃、サッカー部だったたんだ」

「へぇ、意外かも」

「——真司郎はボールを蹴るとき、トーキックになってしまう癖がある。小学生だから仕方ないが、あれだとコントロールがうまくいかない。だから他の蹴り方を教えたんだ。自分でも練習するから、今度また見てくれと言われたが……あれ以来、見てやれることはなかった」

門井の顔に初めて、寂しさが訪れた気がした。夕雨子はなぜか、ほっとした。そして、野島のほうを見る。

「野島さん、トーキックって何ですか？」

「つま先で蹴ること。なんでサッカーの話をしてるの？」

そのとき、スマートフォンが震えた。

「はい。大崎です」

〈こちら、角筈医科大学病院です〉

その沈鬱な声から、夕雨子は察した。

〈先ほど運ばれた門井誠さん、残念ですが、お亡くなりになりました〉

＊

中野署に戻ったのは午前十時をすぎたころだった。夕雨子と野島は会議室へ呼び出された。そこにはすでに、有原と、京竹デパートの一件でも顔を見た部下たちが集まっていた。

「このあいだは、お世話になりました」

挨拶をするが、有原はそれには返さず、

「今朝の轢き逃げの現場にいたらしいな」

とだけ冷たく言った。

「はい」

「この中に、現場にいた顔はあるか?」

有原の部下が、長机の上に男たちの顔写真を並べていく。全部で二十枚くらいあった。夕雨子は一枚一枚見ていくが、見覚えのある顔はない。

「——島尾だ。それに、こっちが谷岡、鏑木」

脇から、門井が写真を指さす。

「——この偉そうな男は君の上司か? 言うんだ。脱税にかかわっているのはこの三人だ」

「すみません。誰も見覚えはありません」

「——なぜ言わないんだ」

物事にはタイミングというものがある。今、脱税の話を切り出したら、妙な目で見られるに違いない。門井の抗議を無視して、夕雨子は続けた。

「というか……、轢き逃げに動転していて、近くにいた人たちの顔まではっきり覚えていません」

「それでよく刑事が務まるな」

有原は吐き捨てて片手をあげる。さっきの部下が写真を回収した。

「もういい。通常の仕事に戻れ。中野署の刑事課にも轢き逃げ車両の追跡や現場周辺の防犯カメラのチェックなどの仕事を割り振るつもりだが、お前たちには関わらせない。ここの課長にもそう言ってある」

「ただの轢き逃げ事件と思ってないわね？」

野島が切り込んだ。

「じゃなきゃ、目撃者の大崎を遠ざける理由がない。もっと大きな何かが関わっているから、私ごと遠ざけようとしているんでしょう」

「関係のないことだ」

背を向ける有原。野島は、納得できないように机を叩く。

「訊きたいことだけ一方的に訊いてシャットアウト？　説明しなさいよ」

「なぜ所轄のお前に説明する必要があるんだ。窃盗事件の聞き込みの予定があると聞いたぞ。お前たちにはそれくらいの仕事がお似合いだ」

「有原」

野島は敵意をむき出しにして有原に迫る。有原も睨み返す。一触即発の空気が張り詰めた。……と、野島の口元が緩んだ。

「轢き逃げされた門井誠。勤め先のシャイニングマロンに脱税の疑惑があるのは知ってる？」

「野島さん！」

夕雨子は止めたが、遅かった。有原の顔は真っ赤になっていた。

「誰に訊いた？」

「正直な反応をする男ね。警察官に向かないんじゃない？」

「いいから答えろ！」

「さっき、病院で大崎が門井の妻に聞いたのよ。ね」

急に、話を振ってくるから困る。しかも、嘘だ。でももちろん、関わっていた本人から聞いたなどと言うわけにはいかない。

「……そうです。轢き逃げされた門井誠さんは、その会社の経理をしており、重要な書類を持って、本日社長に会いに行く予定だったようです」

有原は、その蛇のような目で夕雨子の顔をじっと睨みつけている。

「脱税に捜査一課の刑事が出てくるなんておかしいんじゃないの？」

野島の一言に、空気は変わった。

「黙れ。いいか、俺の出てくる事件に首を突っ込むな、出ていけ」

「ここは、私たち中野署の会議室なんですけど」

「出ていけ」

部下たちに押し出されるように、二人は会議室を出た。

「どうします？」夕雨子は野島に訊ねた。刑事課に戻れば、すぐに古山のもとへ送り込まれ、窃盗事件の聞き込みに回される。事件に大きい、小さいがあるわけではないけれど、目の前で起こった轢き逃げ事件の捜査に関われないなど、納得がいかない。

それに――、

「――ここまできて手を引くなんて許さないぞ。俺の声を聞けるのは、大崎、君だけだ」

目の前で、轢かれた当人が恐ろしい形相で言うのだった。

「このままじゃ、終われないでしょ」

門井の声が聞こえているわけでもないだろうに、野島は夕雨子の手を引っ張り、会議室から下へ向かう階段までの途中にある曲がり角に身をひそめた。突き当たりには「備品室」と書かれたドアがある。そのまま、十分くらいが経過した。会議室の中はひっそりとしているが、有原以下、捜査の方針を話し合っているのかもしれない。

「野島さん。このまま、ずっとここにいてどうするつもりですか？」

「待っていれば、状況が好転することもあるって」

振り返ると、門井は夕雨子より野島のほうに期待しているようで、じっと会議室のほうを見ている。

それからさらに二分ほどして、会議室のドアが開いた。出てきたのは、有原の部下の一人で、先日のデパートの一件でも顔を見た神原だ。野島は唇に手を当て、静かにするようにと指示をしている。こちらに気づかない神原が前を通りかかった瞬間、とびかかって腕で首を締めあげた。

「ぐおっ……！　の、のじま……」

「大崎、備品室のドアを開けて」

「えっ」

「早く！」

夕雨子はドアに飛んでいき、ノブを引いて開けた。神原が助けを呼ぶ間もなく、野島は備品室の中に神原を引っ張り込む。ドアが閉まると同時に、夕雨子は壁のスイッチを押して電気をつけた。

金属製の棚に、制服やベルトや、手袋、ロープ、文具の入った箱などが雑多に積まれている倉庫代わりの部屋だった。野島は壁に神原を押し付けると、居丈高《いたけだか》に睨みつけた。

「――君の相棒は、強引だな」

門井が目を丸くしながら、夕雨子に言った。

「――とても、組織に向くようには見えない」

「私もそう思います」小声で同意する。

「神原、説明しなさい。なんで本庁が出てきたの？」

「そ、そりゃ、悪質な轢き逃げだから」

「ごまかすなっ」

両手で神原の襟首をつかみあげる。神原はぐぐえっ、と、ヒキガエルのような声を出した。

「有原の反応を見るに、シャイニングマロンの脱税が関わっているのはあなたがたも知っていたんでしょ。でも、脱税は一課の仕事じゃない。脱税に関して、別の刑事事件が発生している。そういうことね？」

「わかった、話す。話すよ」

野島が手を離すと、神原は襟元を直して息をついた。

「相変わらず鋭いな。先週、浅草橋で自殺死体が見つかった事件は知ってるか？」

「さあね。自殺なんて、二十三区内だけで一日に何件も起こっている」

「そりゃそうだ。だが浅草橋の死体は身元が特別だ。伊丹恭三《いたみきようぞう》。神奈川県にある《イタマルインテリア》という内装や家具を扱っている会社の社長だ」

「――伊丹社長が、自殺？」

門井がつぶやいた。神原は続ける。

「現場となった浅草橋のマンションの部屋は、社長が東京で仕事をするときの拠点として借りていたものだ。死因は青酸化合物。現場に倒れていたグラスの中のワインからも同じ物質が検出された。伊丹は最近、ストレスから神経症にかかっていたという証言が複数の社員から得られ、『この世につかれた』と書かれた遺書らしきものも見つかったから、自殺だろうと一度は判断された」

「一度は？」

「ああ。後からおかしなことがわかったんだ。遺書はプリントアウトされたもので、自筆署名がなかった。それにもう一つ、伊丹の内ポケットから妙な便箋が出てきた。二年前に横浜に造られた《ホテル・ブルーシャイニング》の内装を請け負ったという手書きの覚書があった。どこの内装にいくらかかったかという金額も書かれていたが、それが何度も書き直されている。横浜署の連中が会社の部下に確認したところ、そんな内装など手掛けていないという返事が返ってきた」

「なるほどね」首をひねる夕雨子の横で、野島は合点がいったような顔をしていた。

「どういうことですか、野島さん」

「実際にはなかった仕事の費用を受け取ったというニセの書類を、ホテルを造った会社が脱税するために書かせたということよ。便箋は、その下書きだった」

「ああ、そうだ」

神原は答える。

「伊丹社長は良心の呵責を感じてそれを明るみに出そうと考えたか、もしくは逆にそれをネタにゆすろうとしたか。いずれにせよ、相手の会社の社員によって自殺に見せかけて殺された」

ここまで聞けば夕雨子にだってわかった。横で門井が渋い顔をしているのが何よりの証左だった。

「その《ホテル・ブルーシャイニング》の経営元が、シャイニングマロンっていうことね？」

神原はうなずいた。

「――伊丹社長。……そういうことだったのか」

門井が呆然としていた。

「どうかしたんですか？」

神原が、何が？　という顔をしたが、こっちのことだからと野島がごまかした。

「――先月、伊丹社長から封書が届いた。中には小さなこけしのついたキーホルダーが入っていて、『使い方は君次第だ』と書かれていた」

「どういう意味です？」

「――俺も意味が分からなかった。以前は懇意にしていたが、最近はめっきり行き来のなかった相手だ。だが……あのこけしの中に、何か脱税の重大な記録が隠されているのではないだろうか」

夕雨子は一つ、思い当たることがあった。

「こけしってどれくらいの大きさですか？」

「こけしって何のことだ？」

神原が首をひねる横で、

「――キーホルダーについていたんだ。これくらいだろう」

門井が右手の親指と人差し指で五センチくらいの大きさを示す。

「ひょっとして、ＵＳＢメモリじゃないですか。頭を胴体から抜くと、端子が出てくるような」

「――ああ、そうだ！　そうに違いない！」

「今すぐ行って、確認しましょう！」

「おい、こいつはさっきから何を興奮しているんだ」

「うるさい。あんたは黙ってなさい！」

野島が神原を怒鳴りつけたそのとき、ドアが開いた。

「何をやっている？」

蛇のような鋭い目をした有原、それに、刑事課の藤堂課長が立っていた。

5

夕雨子と野島の二人はその後、有無を言わさず窃盗事件の聞き込みへと回された。異例の三人態勢での聞き込みである。杉並署の古山には案の定ねちねちと文句を言われ、野島がそれをかわした。夕雨子は例の如くストールを巻いていたが、見慣れたのか、古山はもう何も言わなかった。

そうして中野区内の現場近くをくまなく聞き込みをして回ったところ、夕方過ぎになって近くに住む外国人労働者が被疑者候補として浮上した。その労働者をアパート前で待ち伏せし、質問したうえで部屋に乗り込むと、被害届の出されていたネックレスなどが多数見つかり、緊急逮捕となった。深夜十一時のことだった。

犯人は古山が取り調べをすることになり、杉並署に連行されていった。

夕雨子はへとへとだったが、野島がやる気になったのは、それからだった。中野署に戻るなり、捜査本部へと出かけていった。

「懲りないな、お前たちも」

当然、会議室には入れてもらえず、廊下で、あきれ顔の藤堂課長に対応された。懲りないのは野島さんだけです、という言葉はもちろん飲み込んだ。

「脱税の件はどうなりました？」

獲物を前にした猟犬のようにギラギラした目で、野島は訊ねる。

「確たる証拠などないし、それはうちの案件じゃない。うちとしては、轢き逃げ犯を捕まえられればいいんだ。そしてそれは、お前たちの担当ではない」

人差し指を立て、諭すように藤堂は言った。

「窃盗犯の逮捕はお疲れだった。今日は、帰って休め。いいな」

夕雨子を睨みつける、藤堂課長の目。本庁の関わる事件に野島を近づけるな、という圧力を体全体で受けているような気になった。

「野島さん。もう首を突っ込むのはやめましょうよ」

階段を下りながら、夕雨子は言った。

「門井誠は、あんたを頼っているんでしょ」

「そうですけど、指示には従わないと。ただでさえ、このあいだのデパートの件で目をつけられているっていうのに」

「事件を解決して、非難されるいわれはないと思うけど。それより、門井はまだ、いるの？」

「さあ、気配は感じませんけど……あっ！」

野島は不意を突いて、夕雨子のストールを奪った。夕雨子は首を押さえつつ、周囲をきょろきょろする。

「……いません。たぶん、ご家族のもとへ帰ったんでしょう」

「そう。一つ、訊きたいことがあったんだけどな」

「なんですか」

「なんで、改心したのか、ってことよ」

夕雨子にストールを返しながら、野島は言った。

「門井は五年間も、脱税プロジェクトの中心だったんでしょ。それが何で急に、上司を裏切って、社長に直談判することにしたのか」

「こんなことをしていていいのかと思った、って言ってましたよ。良心の呵責じゃないですか」

「それにしても急すぎるでしょ。何か、きっかけがあったと思うんだけど……」

「それって、轢き逃げと関係あります？」

「さあ、ないかもしれないね」

自分から言い出したくせに、野島は急に興味を失ったように大あくびをした。

「とにかく、今日はもう、終わりにしませんか？」

*

二人が再び、シャイニングマロンの脱税事件に関わることになったのは、翌日のことだった。

時刻は午前十時。夕雨子は窃盗事件の書類作成に没頭していた。突然、スマートフォンに着信があった。

〈もしもし。中野署の大崎さんでしょうか〉

声を聞いただけで、誰だかわかった。右隣のデスクで暇そうに突っ伏している野島の肩を叩き、合図を送る。

「はい、大崎です。門井由紀子さんですね」

〈ええ。大変なことが。私、どうしたらいいのか〉

彼女は興奮していた。

「落ち着いてください」

〈主人の上司の成沢課長と部下の方がやってきて、主人の部屋をいろいろ探し回っているんです〉

彼らがやってきたのは午前九時ごろだという。「ご主人だけが持っている、わが社の重要なデータがあるはずなのです。あれがなければ、向こう三年間の経営が大変なことになります。どうかご理解を」——成沢と名乗った上司はそう言うなり、部下と共に門井の部屋のあちこちを探しはじめた。

〈何を探しているのかと訊いても、まったく答えてくれず、それどころか主人の部屋には近づかないでほしいとまで命令されてしまいました。まるで、強盗にでも押し入られたみたいです〉

脱税の証拠を探しているのは明らかだった。門井を殺して資料を盗んだだけでは安心できなかったのだろう。夕雨子は昨日、門井から聞いたことを思い出す。

「落ち着いてよく聞いてください。先月、ご主人あてに封書が届いたはずです。神奈川県の伊丹恭三という内装会社の社長さんからです。成沢たちが探しているのはその封書の中に入っていたこけしのキーホルダーなんです。心当たりはありますか」

〈主人の仕事のことなんて、何もわかりません。昨日も申し上げましたが、ここのところ、会話らしい会話はなかったんです〉

「そうですか、わかりました。今すぐそちらに向かいます。もしキーホルダーについて思い当たることがあっても、成沢課長には言わないように」

夕雨子は電話を切る。すぐそばで聞いていた野島にうなずく。二人は黙ったまま、刑事課の部屋を出た。

三十分後、武蔵野市内にある門井の家に着いた。玄関を開けると、土間に脱ぎ散らかされた革靴が三人分あった。

「二階の奥の部屋が、主人の書斎です」

門井由紀子は泣きそうな顔で、玄関わきの階段を指さした。

夕雨子と野島は階段を上っていき、書斎の中へとびこんだ。書類や書籍、カバン、文房具……床や机の上にこれでもかと散らばっている。三人の男たちが一斉に振り向いた。昨日、有原に見せられた写真の中にあった三人の顔だった。

「なんだ、あんたたち？」

頭に白いものの混じったメガネの男が訊いた。成沢課長だ。

「警視庁中野署の、野島と大崎よ。門井誠さんの轢き逃げ事件を調べているわ」

野島が名乗ると、三人の顔色が変わった。若い二人は心配そうに顔を見合わせている。

「シャイニングマロンの成沢課長ね。門井さんの上司だったという」

「ええ」

成沢課長は背筋を伸ばし、メガネを整えた。

「今日はなぜこちらに？」

「門井が持っていた業務上のデータを探しているんです。とても優秀な部下でして、彼にすべてを任していた業務があるもので。あれがないと、大変、困るんですよ」

「こんなに部屋を引っ掻き回すほど、隠さなきゃいけないデータなんですか」

「重要なものですからね」

答えるその顔には、ごまかしの笑みが浮かんでいた。

「門井さんが轢き逃げされた件についてなんですが、目撃証言によれば、ものすごいスピードで走ってくる自動車に合わせて背後から何者かに突き飛ばされたようなんです。自動車と、突き飛ばした人間と、息がぴったりだったようだという証言もあります」

野島の説明には誇張があったが、夕雨子は口を挟まない。

「そういった状況から考えて、門井さんは複数の人間により殺害された可能性があるのですが、何か心当たりはありませんか？」

「昨日、私どもの社にいらした刑事さんたちにも話しましたが、私たちは何も知りませんよ、なあ」

二人の部下が、ええ、と慌てた調子でうなずいた。

「わが社には関係のないことだと思われます。門井は会社では真面目な男でしたが、プライベートでの付き合いは同僚の誰もありませんでした。私たちのあずかり知らぬところで誰かに恨みを買っていたのかもしれない」

成沢がそう言ったとき、夕雨子の背中を、寒気が走り抜けた。夕雨子は身震いをしながら、そっとストールを外す。成沢のすぐそばに、恨めし気な顔をした門井誠の姿が現れた。

「──嘘つきめ」

そのおぞましい声は耳に届かなかっただろうが、成沢自身も寒気を覚えたようで、ぶるっと震えた。

「《イタマルインテリア》という会社をご存知ですね？」

「はい？」

野島の急な切り込みに、成沢課長は目を見開いた。

「みなさんの会社から受注を受けていた内装業者です。社長の伊丹さんが先週、浅草橋で自殺しました。ポケットからはどこかの会社とのニセの取引の覚書が発見されています」

部下の二人がそわそわしている。

「さあ、何のことだか」

成沢だけは平然としたものだった。

「まあ、いずれにせよ、こちらにデータはないようですので、失礼させてもらうとします」

部下に目配せをして部屋を出ようとする。

「ちょっと待ってください」

夕雨子は引き留めようとしたが、彼らが轢き逃げの犯人である証拠はもちろん、脱税の証拠も今のところはない。結局、三人を見送るしかなかった。

「あいつら、こけしのキーホルダーを見つけていないでしょうね」

散らかった部屋を振り返りながら、野島が言った。

「——見つけていない」

門井が答える。

「見つけていないそうです」

夕雨子が言うと、野島は少し不思議そうな顔をした後で、「ああ、そう」と察した。野島は、幽霊がそばにいることについては、もう慣れてしまっているようだった。恐るべき無頓着さだ。

「それで、そのキーホルダーはどこに？」

「——それが、わからないんだ。机の上に置いた気もするが、あまり重要なものだと思っていなかったから覚えていない。しかし、これだけ引っ掻き回して出てこないということは考えられない」

門井はただでさえ青白い顔を曇らせる。

「――ひょっとして、由紀子が勝手に捨ててしまったか」

夕雨子はその旨を野島に伝え、夫人に確認してみることになった。門井由紀子はリビングのソファーに、憔悴しきった顔で座り込んでいた。

「改めまして、今回のこと、お悔やみ申し上げます」

夕雨子が頭を下げると、由紀子はガラス玉のような目で軽くうなずいた。

「こんなときに失礼なのですが、先ほど電話でお伝えした封書について、何か思い出したことはありませんか」

「それなんですが、やはり、何のことだかわかりません」

「中身を、うっかり捨ててしまったとか」

「それは絶対にありません。仕事のものには触れるなときつく言われていますから」

目を伏せて由紀子は答えた。「昨晩、主人の会社の人たちからたくさんお悔やみの電話をいただきました。主人が会社では信頼されていたのだということがわかりましたが、恥ずかしいことに私は、電話をくださった方の名前を誰一人知りませんでした。さっきいらした、直属の上司の方と同僚のお二方とも、初めてお会いしました」

「そうでしたか」

「ここ何年も、私たち夫婦には、会話らしい会話なんてなかったんです。息子ともそうです。心が離れたまま、あの人は急に、私たちの前から消えてしまいました……」

声こそ震えていたが、その目からは涙の一粒もこぼれなかった。悲しいというより、空しいといった表現の当てはまる表情だった。夕雨子も心に風が吹いたような気持ちで、門井を振り返る。門井は気まずそうに、うつむいている由紀子をじっと見ているだけだった。

「真司郎」

不意に、由紀子が顔を上げた。その視線の先を見ると、開いたドアの向こうの廊下に、真司郎が立っていた。

「あの人たち、何なんだよ。勝手にやってきて、父さんの部屋を散らかして」

怒りと悲しみのこもった声だった。唇を噛みしめ、涙をこらえているようにも見えた。

「お父さんの会社の人よ。ご挨拶にきたの」

「嘘だ！」

真司郎は叫んだ。

「隣の部屋まで聞こえてきた。『あいつ、どこに隠しやがった』とか、『余計なことしやがって』とか……」

その顔がみるみる、歪んでいく。こぼれる涙を見せまいとするように、真司郎少年は玄関のほうへ走った。

「待って！」

夕雨子はとっさに追いかける。なぜ引き留めようとしているのか自分でもわからなかった。ただ、かわいそうだという気持ちなのかもしれなかった。

「真司郎君、話を聞いて」

夕雨子を振り切るように、真司郎は靴につま先を入れただけの状態で、ドアを開けて出て行く。夕雨子も追いかけ、玄関先で、その手首をつかんだ。

「お父さんのこと、残念だったね……」

夕雨子につかまれていないほうの手で涙を拭くと、真司郎は首を横に振った。

「父さんは、僕と、母さんのことが大事じゃなくなったんだ」

真司郎はつぶやいた。背後に追いかけてきた門井の気配を感じながら、夕雨子は言った。

「違うよ。仕事が忙しくなって、話す機会がなくなったかもしれないけど、お父さんは真司郎君のことをずっと考えてくれていたんだよ」

「どうしてそんなことがわかるんだよ」

「真司郎君が、サッカーがうまくなったかどうか、心配していた」

はっとしたように、真司郎は夕雨子の顔を見る。

「なんだっけ。トーキックだっけ。どうしてもつま先でボールを蹴るくせがあるって。練習したあとまた見てあげる約束をしたけど、あれ以来見てあげられることはなかった……って、悔しがってたよ」

「なんで知ってるの？　父さんの知り合いなの？」

「知り合い、っていえば、知り合いかな」

夕雨子は思わず、後ろを振り返った。門井が立っていた。その悲しそうな顔は、我が息子を見つめる父親以外の何物でもなかった。

「ここにいるよ、お父さん」

夕雨子は告げた。

「私、見えるの。話もできるの」

「……嘘だよ」

「本当だよ。サッカーの話も、お父さんから聞いたの」

真司郎は疑わしそうに夕雨子の背後を眺めていたけれど、はあ、と息を吐き、ガレージのほうへ歩いていく。

「——待て、真司郎」

「ねえ、真司郎君。お父さんが待てって言ってる」

「馬鹿にして。そんな非科学的な話、信じると思う？」

「——たしかに非科学的だ。だが、本当だ」

「でも、本当なんだもん。私だって、見たくて見ているんじゃない。子どものころからずっと苦しんできたの。ずっと見ないようにして、無視して生きてきた」

自転車の鍵を外し、サドルにまたがる真司郎に、夕雨子は訴えるように続けた。

「でも、警察官になって、考えを変えたの。死んだ人が困っているなら、助けてあげようって。真司郎君のお父さん、今、困ってるんだよ」

真司郎はまだ疑わしそうだった。だが、やがて口を開いた。

「黄色い封筒に入ってたこけしのキーホルダーだろ？」

さっきのリビングでの会話を、彼は聞いていたらしい。

「——知っているのか？」

「母さんが知らないのは当然だ。僕が受け取って、父さんの部屋に置いておいたんだから」

「——そうだったのか」

「翌日、父さんの部屋を覗いたら、封筒を開けたまま置いてあった。キーホルダーは机の上にあって、転がってゴミ箱に落ちそうだったんだ。何か大事なものかと思って、僕は取っておいたんだよ」

真司郎は、夕雨子の目を見た。

「あいつら、あのキーホルダーを取りに来たんでしょ？」

「そうなの。それで、キーホルダーはどうしたの？」

「隠したよ」

「――どこに？」

「どこに？」

門井の言葉をなぞるように、夕雨子は訊ねた。

「……僕と父さんの、一番の思い出の場所」

「思い出の、場所？」

「父さんと話ができるなら、わかるはずだよ」

真司郎はペダルをこぎ出す。待って、という夕雨子の呼び止めも聞かず、彼を乗せた自転車は、すぐに見えなくなった。

6

門井に連れられ、夕雨子と野島は、東京郊外にある、大きなサッカースタジアムを訪れた。プロのサッカーチームが本拠地としているが、今日は試合はなく、ひっそりとしている。管理棟へ行き、警察であることを告げると、警備担当の主任は怪訝な顔をしながら中へ入れてくれた。

「真司郎君と来たときと変わったところはありますか?」

シャッターの閉まった売店の前を歩きながら、夕雨子は門井に訊ねる。

「――どうだろうな。もう二年以上前のことだから、あまり覚えていない」

一番の思い出の場所と聞いて、門井がまず思いついたのがこのサッカースタジアムだった。真司郎がサッカーを始めた時に、休みを取って二人で行ったのだという。唯一ともいえる、息子と二人での遠出だったと門井は言った。

「そのとき座った席なんて、覚えてるの?」

野島が訝し気に言う。

「――それは、覚えている」

聞こえない野島に対して、門井は答え、どんどん進んでいく。やがて階段を上り、観客席へとやってきた。

ずいぶん広いところだ、というのが夕雨子の印象だった。整えられた人工芝と二つのゴールがまるでおもちゃのサッカーゲームのように見える。フィールドに向かって、まるで軍隊のように整然と並べられたプラスチック製の椅子。いったいいくつあるのだろう？

門井は迷わず座席の間の階段を下りていき、目的の列の前まで来ると九十度進行方向を変えて、座席と座席のあいだに入っていった。

「──ここだ」

門井が立ち止まった。夕雨子はしゃがみこんで、真司郎が座っていたという椅子の下に手を入れる。次いで、隣の椅子にも。

「何も、ありませんけど」

「──もっとよく探してくれ」

夕雨子はその周囲の椅子の下も探したが、やはり何も見つからなかった。

「やっぱりね」

野島ははじめから探さず、空いている椅子に腰かけて腕を組んでいる。

「たとえ試合のある日に来て隠したとしても、その日のうちに掃除が入るんだから持っていかれてしまうわよ」

「それじゃあもう、こけしは処分されてしまったということですか？」

野島は笑って首を振った。

「そんなわけないでしょ？　探した場所が見当違いっていうことよ。だいたい、小学生が一人で来られるようなところじゃないじゃない」

「――たしかにそうだが、しかし、一番の思い出と言えば、ここしかない」

門井は誰もいないグラウンドに目をやる。

「――応援しているチームの試合を初めて生で見たんだ。興奮していたよ。試合は一対一の引き分けだったが、自分もああいうプレーができるようになりたいなんて、帰りもずっと言っていた」

父親の顔になっていた。夕雨子は切なくなる。しかし、今は急がなければならないことがある。

「一応、掃除の人にあたってみましょうか」

「無駄だと思うよ。それより、他の心当たりを探したほうがいいんじゃない？」

野島が椅子から立ち上がった。

「――本当に、ここ最近は、真司郎とはどこにも出かけていないんだ」

門井は頭を抱えていた。

「もっとずっと前の思い出かもしれませんよ。家族三人でどこかに行ったことはないんですか？」

「――むかしは、よく、三人で旅行に行ったものだ。箱根、那須、伊豆大島」

「箱根、那須、伊豆大島、だそうです」

「だから、そんなところに、真司郎君一人で行けるわけないでしょ」

野島はあきれ返っている。夕雨子は門井のほうに向き直る。

「門井さん。真司郎君が一人で行けそうなところですよ」

「――一人で行けそうなところ……」

門井は、顔を上げた。

「――あそこか？」

*

門井に引き連れられてやってきたのは、郊外の大型ショッピングモールだった。電車とバスを乗り継げば、たしかに真司郎が一人で来られないこともないだろう。

「――ここへ三人で来たのはもう、だいぶ前のことになる」

アパレルメーカーのロゴのついた、巨大な建物を見上げ、門井は言った。

「――妻の実家から商品券を送ってもらって、ランドセルを買いに来たんだ」

「真司郎君って五年生ですよね？　ということは、四年以上前じゃないですか」

「――だから、だいぶ前だと言っただろう」

本当に最近は家族で過ごす機会がなかったらしい。野島はたいして興味もなさそうに、ショッピングモールの中を歩いていく。平日の昼なので人出は少なく、小さな子を連れた母親が目立つ。

「──おかしいな、ここだと思ったんだが」

門井が足を止めたのは、スポーツ用品店だった。店員に話を聞くと、たしかに去年まではランドセルも扱っているカバン店だったが、今年の初めに撤退していったと告げられた。

「――そのあと、向こうへ行ったんだ。子どもが遊べるスペースがある」

門井はむきになっているようだった。夕雨子と野島の二人は、さらにショッピングモールの奥へと進む。ジョイントマットが敷き詰められた上に、滑り台、ブランコ、一人乗りの車のおもちゃ、それにウレタン製のブロックが散在している、屋内公園のようなスペースだった。夕雨子は靴を脱いで上がり込み、滑り台やブランコなどを探して回った。

「ダメです。見つかりません」

肩を落として、門井を振り返る。彼もすっかり、あきらめたような顔をしていた。

「あー、もう、休憩にしよ」

野島は両手を後ろに回した。

「おなかも空いてきちゃったし、さっき、フードコート、あったでしょ」

「ちょっと、野島さん」

くるりと背中を向けて歩き出す野島を、夕雨子は追いかけた。

フードコートで、野島はお好み焼きと焼きそばというボリューム満点のメニューを頼み、一人でがっついた。

「大崎、あんたも食べなくていいの？」

「とてもそんな気分になれませんよ」

ウォーターサーバーから持ってきた紙コップ入りの水を飲みながら、夕雨子は隣の席に目をやる。門井誠が、まるでリストラにあったばかりのように意気消沈して座っていた。死んだ直後の、幽霊とは思えないほどのエリート然とした様子が嘘のようだった。

「もう他には、思いつかないって？　真司郎君の言う『一番の思い出の場所』」

紙ナプキンで口を拭きつつ、野島が訊ねる。

「――まったく、情けないよ」

消え入りそうな声で門井は言う。

「――自分の息子のことがわからないなんて」

幽霊なので、このまま消え入ってしまうのではないかと、夕雨子は不安に駆られた。今、門井に消えられては、脱税の証拠は手に入らない。そればかりか、真司郎が、そして誰より、息子との絆を取り戻せない門井自身がかわいそうな気がした。

なんとか門井の中からヒントを引き出せないだろうか。今までのやり方じゃもうだめだ。さっきスタジアムで見た、懐しそうな〝父親の顔〟を夕雨子は思い出していた。

「父親の立場から見て、真司郎君ってどういう子なんですか？」

夕雨子は訊いた。門井は顔を上げ、しばらく考えた。

「――自分の主張をはっきりと言えないタイプだ」

こういうときって、本当はもっとポジティブなことを言うものではないだろうか。

「――幼稚園の頃からそうなんだ。友達におもちゃを取られても、何も言わない。母親が見とがめて口を出すと『貸してあげただけなんだ』と言う」

「優しい子なんですね」

「――優しい、か。まあ、よくいえばそうなんだろうが、それは必ずしも必要な性格じゃない。人に譲ってばかりで、主張もできないやつが、サッカーに向くものか」

門井の口元には、寂しげな笑みが浮かんだ。今と同じことを、真司郎にも言ったことがあるのだろうか。と思っていたら、門井はふっと顔を上げた。

「どうしたんですか？」

「――そういえば、最近、珍しくあいつが主張したことがあったみたいだ。だが、それがきっかけで、あいつはクラスメイトたちからのけ者にされてしまったらしい」

それは……と、夕雨子が訊く前に、

「ねえ、いいことを思いついた！」

野島が立ち上がった。彼女は、フードコートの向こうに見える店舗を見ていた。玩具店だ。

「こうなったらやっぱり、真司郎君に頭を下げて教えてもらうしかないよ。ただで教えてもらえないなら、何かを買っていこう」

そして野島は、夕雨子の隣の、門井が座っている椅子を見下ろした。まるで門井が見えているとでも言いたげな立ち姿だった。

「一番の思い出の場所がわからなくったって、真司郎君が何を好きかぐらいは、わかるでしょ？」

プレゼント作戦――果たして、うまくいくのだろうか。

7

プレゼントを選ぶのに時間がかかり、また、途中で渋滞に巻き込まれたため、門井家に戻ってきたころには午後四時を過ぎていた。

「ああ、刑事さんたちですか」

玄関で出迎えた門井由紀子は、午前中とまったく同じ、やつれ切った表情だった。

「真司郎君はいますか？」

「ええ、さっき帰ってきまして、自分の部屋にいますが」

「上がらせてもらってもいいでしょうか」

「どうぞ」

野島と二人で二階へ上がり、真司郎の部屋のドアをノックする。返事があったので、ノブを握って開く。

「真司郎君？」

部屋は散らかっていたが、部屋の中央だけ、物がよけられて丸くスペースがあいていた。真司郎はこちらに背を向けて胡坐をかき、スケッチブックの上に鉛筆を走らせていた。

「ああ……」

「入ってもいいかな」

無言でうなずいたので、二人は部屋に入る。門井も一緒だ。真司郎の肩越しに、スケッチブックを覗き込む。遊覧船の浮かぶ湖だった。リアルな鉛筆描きで、遠くの山々の木の陰影や、湖面のさざ波まで細かく表現されている。

うまいね、と夕雨子が声をかけようとしたところで、真司郎は鉛筆を床に投げ出してスケッチブックを閉じた。

「何の用？」

「あ、ああ、これ、買ってきたんだ。真司郎君に」

夕雨子は手に持っていた大型の箱を差し出す。真司郎は疑わしそうな顔で受け取り、包み紙を破った。入っていたのは、電池で動く電車のフィギュアだった。総武線と、総武線快速。二車輛入っている。

「真司郎君は電車が好きだからって、お父さんが」

「父さんが……？」

真司郎は夕雨子の顔を見た。夕雨子は懇願する表情を作った。

「ねえ、真司郎君が隠したこけしのキーホルダーは、捜査上、とっても大事な物なの。だから……」

「いらない」

真司郎は、フィギュアの箱を夕雨子に押し付けてきた。

「刑事さんが父さんと話せるっていうことは信じるよ。だって、僕がまだ、こんなものに喜ぶと思ってるんだもん」

真っ赤な目で、夕雨子を睨みつけた。

「三年生になるころから、父さんは僕とは遊ばなくなった。僕と母さんが、邪魔になったんだ」

「違うよ」

「出ていってよ！」

その剣幕に押され、夕雨子たちは廊下へと逃げるように出て行った。乱暴にドアが閉められ、気まずさだけが残った。

「やめていただけますか……」

背後から震える声がした。由紀子だった。

「あの子、ああ見えても繊細なんです。主人が亡くなったことに、ショックを受けているんです。どうぞ、お引き取り願えますか」

夕雨子は野島のほうを見た。プレゼント作戦は逆効果だったことを彼女も認めているようだった。だが、このまま帰るわけにはいかない。

「下で、少しお話を伺ってもよろしいですか」

野島が言うと、由紀子はため息を一つつき、無言でうなずいた。連れ立って、リビングへ行く。

「紅茶でもいいでしょうか」

リビングと通じている台所へ足を運びながら、由紀子は訊ねた。門井はソファーの脇に立ったまま、それを見送っている。

「お構いなく」

「どうぞおかけになって、お待ちください」

ソファーに腰かけ、夕雨子は改めて、リビングを見回した。こざっぱりとした一軒家。ガラス戸の向こうには小さいながらも庭があり、花壇もある。門井は仕事に没頭していたのだから、全部由紀子がやっているのだろう。——傍から見たら、幸せな家族の住まいに思える。

「この家、売ってしまおうと思って」

紅茶を運びながら、由紀子は言った。

「えっ？」

「二人で住むには広すぎます。真司郎を連れて実家に戻ります。昨晩、電話して、話はつきました」

夕雨子と野島の前に、ティーカップが置かれた。

「でも、真司郎君の学校は」

「あの子、今のクラスであんまりうまくいってないみたいなんです」

「そうなんですか？」

「今年になってクラスに、生まれつき右足が悪い男の子が転入してきたんです。クラスの子たちも初めは受け入れたんですけど、リレーとか球技大会とか、そういうクラス対抗イベントをすると、いつもその子のせいで負けてしまうって、だんだんいじめられるようになったんです。ところがうちの子一人だけその子をかばって、それで、今度は自分が仲間外れにされるようになってしまったそうで……」

子どもというのは残酷だ、と思うと同時に、夕雨子の中で何かがつながった気がした。

――そういえば、最近、珍しくあいつが主張したことがあったみたいだ。だが、それがきっかけで、あいつはクラスからのけ者にされてしまったらしい。

夕雨子は門井のほうに視線をやった。〝父親の顔〟になっていた。あのとき言っていたのは、このことだったのだろう。

「もともと周りとなじむのは苦手だから、本人もふさぎ込むようになって。不器用な子なんですよ……」

「――不器用なのは、俺に似たんだ」

門井がつぶやくように言った。

「正しいことをしているのは、わかりますけどね」

「――そう。あいつは正しいことをしている」

一方にしかもう一方が見えていないのに、ようやく夫婦に戻ったように、夕雨子には見えた。

「――俺はそうじゃなかった。不器用な分、会社のためだと思って不正に手を染め続けてしまった。でも、たった一人になっても、正しいと思うことをするほうがいいに決まってる。俺は、そう言ったんだ」

「そうですよ。たった一人になっても、正しいことをしたほうがいい」

「ん？」と野島がティーカップから顔を上げた。

「それ、誰が言ってるの？」

「門井さんです。そういうふうに、真司郎君に言ったたって」

「どういうことですか？」

由紀子が怪訝な顔をした。今、夫がいるということを伝えたほうがいいだろうか。

「いつ、どこで？」

野島が夕雨子の肩をつかんで揺らすので、それどころではなくなってしまった。

「野島さん、どうしたんですか、そんなに慌てて」

「だって、足の悪い子が転校してきたのは今年になってでしょ？　でも門井さんは、ここ何年かは真司郎君と会話らしい会話はしていないって言ってたじゃない。そんな重要な会話をしたにもかかわらず」

「――重要って。ほんの少しの会話じゃないか」

寂しそうに、門井は言った。

「よく考えて、門井さん」

野島は見えない相手に向かって訴える。

「――何をだ？」

「それはほんの少しの時間だったかもしれない。でも、大事な時間だったのよ。真司郎君にとっても、あなたにとっても」

門井はじっと聞いていたが、はっとして、玄関のほうへ向かった。幽霊は移動がとても速い。

「待ってください！」

夕雨子は追う。その背中を、野島も追ってきた。

8

もう、どれくらいの時間になったのだろう。冬の太陽は傾き、つかの間のまぶしい光があたりを包んでいる。

団地全体を見渡せる、小高い道。駅から門井家への最短の道の途中であり、また、真司郎の学校の通学路の一部でもあるそうだ。自動販売機が二台、並んでいる。そのわきのガードレールにもたれ、二人の女刑事と一人の幽霊は街を見下ろしていた。

夕雨子の手には、ビニール袋に入れられたこけしのキーホルダーがあった。今さっき、二台の自動販売機の間から引き出したものだった。

「――水色の屋根の家が見えるだろう」

門井の指さす先を見ると、たしかにそこに真新しい家がある。

「――一昨年まで、あそこは空き地だったんだ。真司郎にサッカーを教えたのは、あそこだ」

「門井さん。真司郎君と、これを見たんですね」

野島がはっとして夕雨子を見る。

「――ああ」

それは先月の初めのことだった。門井はいつもの通り、十一時過ぎに駅に着き、家を目指していた。自動販売機の前を通るとき、ガードレールにもたれて街の明かりを見下ろしている少年に気づいた。真司郎だった。

声をかけると真司郎は振り向き、「母さんに内緒で抜け出してきたんだ」と言った。考え事をしているようだったのでわけを聞いた。学校が楽しくない。真司郎はそう答えた。

クラスでいじめられている子をかばったら、今度は自分が仲間外れにされるようになった。でも、僕は意見を変えるつもりはない。正しいのは絶対に自分のほうだ

――。

「――驚いたよ。いつのまに、そんな主張ができるようになったのかとな」

門井は、頭を振った。

「――情けないことに、俺は何と声をかけていいのかわからなかった。そこの自動販売機でジュースを買って二人で飲んでいたら、『正しいことをするのは、間違っているのかな』と真司郎が言った」

「門井さんは、なんて言ったんですか」

「――そんなことはない。一人になっても、正しいと思えることをするのが当たり前だ」

「一人になっても正しいと思えることをしろっ、て言ったのね」

野島が言った。夕雨子はうなずく。

「門井さん」

野島は、見えない門井のほうを向いた。

「あなたが脱税を自首するよう社長に迫ることを決めたのは、それがきっかけね。息子さんがたった一人で正しいことをしているのを見て、自分も、そうあらねばと思ったんでしょ」

「――ああ」

なぜ、五年間も続けた不正な帳簿書き換えを突然改めようと門井が考えたのか。野島がそれを気にし続けていたことを夕雨子は思い出していた。きっかけは、息子の言葉にあったのだ。

「――俺はなんて馬鹿なんだ」

門井はつぶやいた。

「――ここは、真司郎が俺の間違いを正してくれた場所。俺にとっても、真司郎との一番の思い出の場所だったというのに」

「見つけたんだね」

声に振り返った。坂の下から、二つの影が上がってくる。門井由紀子と真司郎だった。

「父さん、そこにいるの？」

真司郎が訊ねる。夕雨子はうなずいた。

「今、全部、聞いたところ」

「僕、嬉しかったんだ。父さんが僕のことを『正しい』って言ってくれたことが」

「――大崎さん、妻と息子に伝えてくれ」

門井は夕雨子のすぐそばで口を開いた。

「――俺は、いつも仕事ばかりで、二人と過ごす時間をたくさんもてないまま死んでしまった。今となっては、後悔している」

「門井さんは、伝えてほしいと言っています。二人と、もっとたくさん一緒の時間を過ごせばよかったと、後悔している」

「僕もだよ。もっと、父さんと話したかった」

真司郎は言った。門井は悲しげに息子の顔を見つめ、うなずいた。

「――二人に俺がしていたことを話してくれないか」

門井はさらに、夕雨子に頼んだ。

「――伊丹社長から送られてきたデータは、シャイニングマロンの脱税を明るみに出し、多くの社員を混乱に陥れる。俺は恨まれ、二人にもとばっちりがあるかもしれない。俺はもう、二人を守ってやることができない。それを……謝りたい」

夕雨子はうなずいた。そして、門井のやってきたこと、殺害された理由、謝りたいと言っていることを、二人に説明した。

由紀子は口元を抑え、驚きと悲しみの入り混じった表情で聞いていたが、夕雨子が話を終えると、唇を震わせながら言った。

「そうだったんですか。私、何も知らずに……」

その頰を涙が伝っていく。口元を抑え、嗚咽する。その母の背中に、真司郎が手を当てた。

「――いつのまにか、大きくなってたんだな」

門井の声も、震えていた。由紀子は真司郎にありがとうと言って涙を拭い、夕雨子の顔を見た。

「主人は、そこにいるんですね」

「はい。ここに」

夕雨子は門井のいるあたりを手で示した。由紀子はそのほうに体を向けた。

「私たちのために、一生懸命働いてくださったこと、とても感謝しています。真面目なあなたのことだから、会社のためとはいえ、不正に手を染めるのは心苦しかったでしょう。……それを改めた、あなたの最後の仕事を、誇りに思います。覚悟はできています」

門井は寂しそうに、それでも満足気にうなずいた。

「――私も、私の家族を、誇りに思うよ」

門井の過ごした街を、夕日の色が包み、由紀子と真司郎の影が坂の道路に伸びていく。

少し背の高い影が、二人の影に寄り添っているように、夕雨子には見えた。

エピローグ

深夜零時をすぎ、夕雨子は新宿三丁目を歩いていた。風よけのため、そして、余計な霊に話しかけられないため、しっかりと首のストールを押さえて歩く。

《あざみ食堂》の前までやってきた。暖簾はしまってあるが、まだ明かりはついている。夕雨子は引き戸に手をかけ、開いた。

「おお、待ってたよ」

「入んなさい、寒いんだから」

遅くなったにもかかわらず、老夫婦は夕雨子のことを温かく迎え入れてくれた。戸を閉める。ストーブの暖気と、アルコールや焼き魚の匂いが充満している。夜は居酒屋になるということだったから、ついさっきまで客がいたのだろう。

「ご飯は食べた？　何かいるかしら、今夜の残り物だけど」

「いえ、けっこうです。それより、お線香を」

「まあまあ、ご丁寧に、悪いわねえ……」

奥の仏間に通される。

「やっぱりお客様には何か出さなきゃね。用意しておくから、あとは勝手にどうぞ」

仏壇のろうそくに火をつけると、おばさんは慌ただしく店のほうへ戻っていった。

夕雨子はコートを脱ぎ、ストールを取る。仏壇の前の座布団に正座をし、線香に火をつけ、手を合わせた。

出てきてください。目をつぶり、呼びかける。

……やがて、夕雨子の背中に、一筋の寒気が訪れた。

＊

《イタマルインテリア》の伊丹社長から門井誠に送られたこけしのキーホルダーはやはり、首を取り外せるUSBメモリスティックになっていた。それには脱税の証拠となるデータが保存されていた。

それがきっかけで国税局が動き、シャイニングマロンが巨額の脱税をしていたというニュースが、ここ最近のマスコミをにぎわせている。それに加え、伊丹社長を毒殺して自殺に見せかけたことや、門井誠を轢き逃げし、カバンの中から書類を盗んだ事件も次第に真相がわかってきた。成沢課長の指示のもと、すべては部下たちが実行していたことだった。

ほとんどの事実が明らかになり、本日、門井誠の轢き逃げ事件の捜査本部は解散となった。夕雨子と野島の二人は公式には捜査に参加していないため、別の書類処理に追われていたが、そこへ有原が現れた。

「貴様、調子に乗るなよ」

有原は野島に顔を近づけ、威圧した。

「西麻布での失敗は、お前に一生ついて回る。本庁に戻れるなんて甘い考えは持つな」

去っていく有原の背中を見つめながら、野島は黙っていた。いったい野島はどんな「失敗」を？　夕雨子は聞きたくてたまらないけれど、いつもはぐらかされてしまう。

そしてふと、野島の横顔を見て、思いついたのだった。

《あざみ食堂》。

新宿御苑の近くにひっそりとある、あの小さな食堂。店舗の奥の部屋にある、仏壇の写真……。

夕雨子は野島の目を盗んで電話をかけ、「今晩、営業が終わったあと、うかがってもよろしいでしょうか」と訊ねたのだ。

目を開けると仏壇のそばに、鹿野川祥吾が座っていた。

「――やあ、こんばんは」

「夜分遅くすみません。中野署の大崎です」

「――覚えてるよ。友梨香のことを聞きに来たんだろ？」

「はい」

野島についてつかめないところがあるから教えてほしいのだと言うと、祥吾は笑った。

「――何でも聞いてくれ」

「助かります」

夕雨子は居住まいを正す。

「じゃあ、野島さんが本庁を追い出された理由を……」

「――ああ、それか。……だったらその前に」

祥吾は頭を掻いた。

「――まずは友梨香が所轄の刑事課だったころに起こった、殺人事件から話したほうがいいな。長くなるけど、いいかな」

「もちろんです」

「——事件発生は、十五年前の八月だ。青山のマンションで一人暮らしをしていた女子大生が殺された。被害者の家は母子家庭で、娘を失った母親の悲しみは相当なものだったらしい」

第一容疑者として浮上したのは、当時被害者が交際していた、柿本《かきもと》という男性だった、と祥吾は言った。野島は母親の姿がいたたまれず、柿本の行方を追ったが、まったく足取りもつかめないまま時間だけがすぎ、捜査本部は縮小、野島も担当を外されてしまったという。

警察には日々事件が持ち込まれるため、どんなに凶悪な事件でも捜査が長引くと、どうしてもこういう事態になってしまう。名ばかりの継続案件となって捜査本部が事実上の解散となるケースも多い。

「——友梨香は納得がいっていなかったが、上からの命令だから仕方ない。その後、あいつは本庁に取り立てられ、同時期に台東署から本庁に異動になった俺とも一緒に働くことになった。捜査方針に従わずに一人で行動するあいつはすぐに鼻つまみ者になったが、妙に洞察力が鋭くて、検挙率だけは抜群だった。その成績から無下にはできず、かといって組織にはなじまず、一課では持て余していたんだよ」

その姿が手に取るようにわかり、夕雨子は苦笑しそうになった。

「──そしてあれは、去年のことだ。君も知っているだろう、アマチュアバンドの連続殺人事件」

「スモーキー・ウルブズですか」

「──そして今から二年前。あの事件が起こった」

「スモーキー・ウルブズですよね。少しは、自分で調べました」

スモーキー・ウルブズは主に東京都内のライブハウスなどで活動していたロックバンドで、アマチュアながらかなりのファンがいた。

事件が起こったのは二年前の十二月七日。六本木のライブハウスで行われたアマチュアの合同ライブにてスモーキー・ウルブズが演奏中、客の一人が発砲し、ボーカルの小西康が即死したのだ。身柄を拘束されたのは小川たけという十九歳の男性で、薬物中毒だった。

当初は突発的な犯行かと思われたが、その後、同じくスモーキー・ウルブズのギタリストとキーボードが相次いで殺害され、小川も黒幕の存在を仄めかす。殺害されたギタリストが警察庁の官僚の息子だったこともあり、捜査本部は躍起になって捜査を進め、黒幕の男を突き止めた。

「たしか犯人は、スモーキー・ウルブズに逆恨みをしている猿橋宏という男だそうですね。でも、まだ捕まっていないんじゃないとか」

「――それを、俺たちは捕まえようとしたんだ」

祥吾は言った。

「――あの日、タレコミが入ったんだ。猿橋が西麻布の《ライヒ》というバーにいるってな」

西麻布。ついにその地名が出てきた。

「――俺たちは《ライヒ》の入っているビルを囲んだ。有原と友梨香のチームが店に押し入って猿橋を取り押さえるという手はずだった。万が一裏から脱出しても逃がさないよう、俺のチームは路地を張っていた。作戦は完璧だったはずだ。だが、いざ店に押し入った直後、友梨香は作戦にない、別の行動に出た」

「別の行動？」

「――店の中に、いたんだよ。柿本が。十五年前の青山の女子大生の殺人犯だ」

それはまさに、偶然のめぐりあわせとしか言いようのない事態だった。犯人の姿が目に飛び込んできた野島は、ここで捕まえなければまた取り逃がすと、任務を離れて柿本のほうにとびかかった。

「――友梨香の急な行動に有原は面食らい、猿橋を逃がしてしまった。猿橋は店の裏から俺のいる路地に現れ、取り押さえようとする警官を撃って逃げたんだ」

「警官を……まさか、それって」

「──ああ、俺のことだ」

祥吾は、悔しがる様子もなく言った。

「──俺に死なれ、柿本にも逃げられ、友梨香はさすがに責任を感じた。いや、そんな言葉では片づけられないほどだったかな。友梨香はカンカンに怒り、友梨香は謹慎。それがあけて、中野署に配属になったというわけだ。本庁の上司は本庁に残ったが、あいつは今でも、友梨香の勝手なふるまいを根に持っているんじゃないか」

「そうだったんですか。すみません、私、知らなくて」

「──そんなに暗い顔をするなよ」

「あの……祥吾さんは、野島さんのことを恨んでいないんですか」

「──気にしていないといえば嘘になるが、俺は友梨香のことを同期の中で一番買っている。恨むなんてとんでもないし、俺の代わりに活躍してほしいと思っているよ。今は君があいつの相棒なんだ。しっかり支えてやってくれ」

「そんな、私なんて、何の役にも……」

「──立つだろう。こんな能力が、刑事の役に立たないわけ、ないじゃないか」

はっはは、と祥吾は笑う。幽霊らしくない、屈託のない笑顔だ。

「──まあ、あいつは柿本を逮捕するのを生涯の目標にしているようなところがあるからな。所轄のままじゃそれはかなわない。きっと本庁に戻ることを今でも目指しているんだろう」

それは痛いほど伝わっている。そんな彼女の手伝いを、自分はできるのだろうかと、夕雨子は自問した。

*

水を汲んだ桶に花束を入れ、左手に柄杓を持って、お墓の中を進んでいく。ストールを巻いているけれど、首から上が妙に涼しい。

お墓というのは、昔から来たくない場所だった。みんな怖くないんだよ、とおばあちゃんは言っていたけれど、墓石の隙間からじろじろ視線を感じるのは、子ども心に、気持ちのいいものではなかった。今でもその感覚は変わらない。だけど、霊に対する見方は、このところ変わってきていた。

大崎家の墓所のある一角で曲がると、住職がホウキで掃除をしているのに出会った。

「おや、夕雨子ちゃん、来たのかい」

手を止めて、夕雨子に微笑みかけてくる。

「はい。なかなか、来られませんでして」

「よかったよ。千羽子さんも喜んでいることだろうに」

軽く会釈をして、夕雨子は歩を進めていった。

「大崎家」と書かれた墓石の前にやってくる。墓石を軽く洗い、お花と、店から持ってきた最中、それに線香をお供えしたあとで、夕雨子は首に手をやり、ストールを取った。

「おばあちゃん……」

軽く呼びかけるけれど、墓石の周りには誰も出てこなかった。目の前で成仏したというのに、まだ祖母の影を追いかけている。

両手を合わせて、目をつむった。

私、少しは人の役に立てたかもしれないよ――。心の中で語り掛ける。そうかい、そりゃよかったねと祖母は言うだろうか。ほら、私の言った通りだろう？　公佳ちゃんのことだって、いつかきっと解決するよ――。

しかし、祖母の声は聞こえなかった。夕雨子は目を開けた。霊がいないのでは、お墓もただの無機質な石に思える。

「おばあちゃん」

それでも生者は、死者に語りかけずにはいられない。

「私も、野島さんの役に立ちたい。だから、行かなきゃいけない」

そのとき、夕雨子のスマートフォンが震えた。野島だった。

「もしもし、大崎です」

〈大崎、あんた、今、どこにいるのよ！〉

緊迫した怒鳴り声だった。背後には大勢の人間のざわざわした声が聞こえる。

「今は……お墓参りです」

〈早く来なさい。管内で殺人事件よ〉

「殺人？」

〈棚田たちも現場にいて、第一発見者がホンボシだと疑ってるわ〉

そのとき、妙な声が割り込んできた。

〈――ちがヨッ！　先生、ちがヨッ！〉

「もしもし、野島さん？」

〈え、聞いてるの？　現場はね……〉

〈――殺したの、先生ちがヨッ！　ワタシ、見たの、殺したの人〉

男性で、外国人らしき片言である。そしてその声は、野島には聞こえていないようだった。また、厄介な事件が起こったようだ。

「野島さん、待っていてください、すぐ行きます！」

通話を切り、夕雨子は再び、墓石を見る。

「行ってくるよ」

空になった桶をつかみ、夕雨子は走りはじめる。

「こらこら、お墓では走らないで」

住職の脇を通るときに、注意されてしまった。夕雨子は住職に桶を手渡し、「すみませせん、片付けておいてください」と頭を下げた。

「待ってるんです、私の相棒が」

おやおや、と笑う住職に手を振り、夕雨子は再び走り出す。

ストールは、手に持ったままだった。

本書は文庫書下ろし作品です。

|著者|青柳碧人　1980年、千葉県生まれ。早稲田大学クイズ研究会出身。2009年『浜村渚の計算ノート』で第３回「講談社Birth」小説部門を受賞してデビュー。一躍人気となり、シリーズ化される。「ヘンたて」シリーズ（ハヤカワ文庫JA）、「ブタカン！」シリーズ（新潮文庫nex）、「西川麻子」シリーズ（文春文庫）、『玩具都市弁護士《トイ・シティ・ロイヤーズ》』シリーズ（講談社タイガ）など、シリーズ作品多数。'20年、『むかしむかしあるところに、死体がありました。』（双葉社）で本屋大賞ノミネート。

霊視刑事夕雨子《れいしけいじゆうこ》 1　誰《だれ》かがそこにいる

青柳碧人《あおやぎあいと》

講談社文庫

定価はカバーに
表示してあります

2020年７月15日第１刷発行

発行者──渡瀬昌彦
発行所──株式会社　講談社
東京都文京区音羽2-12-21　〒112-8001
電話　出版（03）5395-3510
　　　販売（03）5395-5817
　　　業務（03）5395-3615

Printed in Japan

デザイン—菊地信義
本文データ制作—講談社デジタル製作
印刷———中央精版印刷株式会社
製本———中央精版印刷株式会社

ISBN978-4-06-520206-7

講談社文庫刊行の辞

二十一世紀の到来を目睫に望みながら、われわれはいま、人類史上かつて例を見ない巨大な転換期をむかえようとしている。

世界も、日本も、激動の予兆に対する期待とおののきを内に蔵して、未知の時代に歩み入ろうとしている。このときにあたり、創業の人野間清治の「ナショナル・エデュケイター」への志を現代に甦らせようと意図して、われわれはここに古今の文芸作品はいうまでもなく、ひろく人文・社会・自然の諸科学から東西の名著を網羅する、新しい綜合文庫の発刊を決意した。

激動の転換期はまた断絶の時代である。われわれは戦後二十五年間の出版文化のありかたへの深い反省をこめて、この断絶の時代にあえて人間的な持続を求めようとする。いたずらに浮薄な商業主義のあだ花を追い求めることなく、長期にわたって良書に生命をあたえようとつとめるところにしか、今後の出版文化の真の繁栄はあり得ないと信じるからである。

同時にわれわれはこの綜合文庫の刊行を通じて、人文・社会・自然の諸科学が、結局人間の学にほかならないことを立証しようと願っている。かつて知識とは、「汝自身を知る」ことにつきていた。現代社会の瑣末な情報の氾濫のなかから、力強い知識の源泉を掘り起し、技術文明のただなかに、生きた人間の姿を復活させること。それこそわれわれの切なる希求である。

われわれは権威に盲従せず、俗流に媚びることなく、渾然一体となって日本の「草の根」をかたちづくる若く新しい世代の人々に、心をこめてこの新しい綜合文庫をおくり届けたい。それは知識の泉であるとともに感受性のふるさとであり、もっとも有機的に組織され、社会に開かれた万人のための大学をめざしている。大方の支援と協力を衷心より切望してやまない。

一九七一年七月

野間省一

講談社文芸文庫

幸田 文

男

解説=山本ふみこ　年譜=藤本寿彦

働く男性たちに注ぐやわらかな眼差し。現場に分け入り、プロフェッショナルたちと語らい、体感したことのみを凜とした文章で描き出す、行動する作家の随筆の粋。

こF11
978-4-06-520376-7

歿後30年

幸田 文 随筆の世界

『ちぎれ雲』『番茶菓子』『包む』『回転どあ・東京と大阪と』

見て歩く。心を寄せる。
歿後三〇年を経てなお読み継がれる、幸田文の随筆群。

講談社文庫　目録

あさのあつこ　NO.6beyond〔ナンバーシックス・ビヨンド〕
あさのあつこ　待　っ　て　る〈橘屋草子〉
あさのあつこ　さいとう市立さいとう高校野球部 (上)(下)
あさのあつこ　甲子園でエースしちゃいました〈さいとう市立さいとう高校野球部〉
阿部夏丸　泣けない魚たち
朝倉かすみ　肝、焼ける
朝倉かすみ　好かれようとしない
朝倉かすみ　ともしびマーケット
朝倉かすみ　感　応　連　鎖
朝倉かすみ　たそがれどきに見つけたもの
朝比奈あすか　憂鬱なハスビーン
朝比奈あすか　あの子が欲しい
荒山　徹　柳生大作戦 (上)(下)
天野作市　気　高　き　昼　寝
天野作市　みんなの旅行
青柳碧人　浜村渚の計算ノート
青柳碧人　浜村渚の計算ノート　2さつめ〈ふしぎの国の期末テスト〉
青柳碧人　浜村渚の計算ノート　3さつめ〈水色コンパスと恋する幾何学〉
青柳碧人　浜村渚の計算ノート　3と1/2さつめ〈ふえるま島の最終定理〉

青柳碧人　浜村渚の計算ノート　4さつめ〈方程式は歌声に乗って〉
青柳碧人　浜村渚の計算ノート　5さつめ〈鳴くよウグイス、平面上〉
青柳碧人　浜村渚の計算ノート　6さつめ〈パピルスよ、永遠に〉
青柳碧人　浜村渚の計算ノート　7さつめ〈悪魔とポタージュスープ〉
青柳碧人　浜村渚の計算ノート　8さつめ〈虚数じかけの夏みかん〉
青柳碧人　浜村渚の計算ノート　8と2分の1さつめ〈つるかめ家の一族〉
青柳碧人　浜村渚の計算ノート　9さつめ〈恋人たちの必勝法《マーチンゲール》〉
青柳碧人　東京湾　海中《かいちゅう》高校
青柳碧人　希土類少女《レアアース・ガール》
朝井まかて　花《はな》　競《くら》　べ〈向嶋なずな屋繁盛記〉
朝井まかて　ちゃんちゃら
朝井まかて　す　か　た　ん
朝井まかて　ぬけまいる
朝井まかて　恋　　歌
朝井まかて　阿《お》蘭《らん》陀《だ》西《さい》鶴《かく》
朝井まかて　藪《やぶ》医《い》　ふらここ堂
朝井まかて　福　　袋
歩《あゆみ》　りえこ　ブラを捨て旅に出よう〈貧乏乙女の"世界一周"旅行記〉
安藤祐介　営業零課《ぜろか》接待班

安藤祐介　被取締役《とりしまられやく》新入社員〈大翔製菓広報宣伝部〉
安藤祐介　お　い！　山　田
安藤祐介　宝くじが当たったら
安藤祐介　一〇〇〇ヘクトパスカル
安藤祐介　テノヒラ幕府株式会社
青木　理　絞　首　刑
天祢　涼　議員探偵・漆原翔太郎〈セシューズ・ハイ〉
天祢　涼　都知事探偵・漆原翔太郎〈セシューズ・ハイ〉
麻見和史　石　の　繭〈警視庁殺人分析班〉
麻見和史　蟻《あり》の階段〈警視庁殺人分析班〉
麻見和史　水晶の鼓動〈警視庁殺人分析班〉
麻見和史　虚　空　の　糸〈警視庁殺人分析班〉
麻見和史　聖者の凶数〈警視庁殺人分析班〉
麻見和史　女神の骨格〈警視庁殺人分析班〉
麻見和史　蝶　の　力　学〈警視庁殺人分析班〉
麻見和史　雨色の仔羊〈警視庁殺人分析班〉
麻見和史　奈落の偶像〈警視庁殺人分析班〉
麻見和史　鷹《たか》の砦《とりで》〈警視庁殺人分析班〉
麻見和史　深紅の断片〈警防課救命チーム〉

井川香四郎　日照り草〈梟与力吟味帳〉
井川香四郎　忍《すい》冬《かずら》〈梟与力吟味帳〉
井川香四郎　花《はな》詞《ことば》〈梟与力吟味帳〉
井川香四郎　雪の花火〈梟与力吟味帳〉
井川香四郎　鬼《き》雨《う》〈梟与力吟味帳〉
井川香四郎　科《しな》戸《と》の風〈梟与力吟味帳〉
井川香四郎　紅《くれない》の露〈梟与力吟味帳〉
井川香四郎　惻《そく》隠《いん》の灯《ひ》〈梟与力吟味帳〉
井川香四郎　三人羽織〈梟与力吟味帳〉
井川香四郎　吹《すい》花《か》の風〈梟与力吟味帳〉
井川香四郎　飯盛り侍
井川香四郎　飯盛り侍　鯛評定
井川香四郎　飯盛り侍　城攻め猪
井川香四郎　飯盛り侍　すっぽん天下
井川香四郎　御三家が斬る！
井川香四郎　御三家が斬る！〈殺しの鬼棲む妻籠宿〉
伊坂幸太郎　チルドレン
伊坂幸太郎　魔王
伊坂幸太郎　モダンタイムス(上)(下)
伊坂幸太郎　PK
伊坂幸太郎　サブマリン
絲山秋子　逃亡くそたわけ
絲山秋子　袋小路の男
石黒耀　死都日本
石黒耀　震災列島
石黒耀　忠臣蔵異聞〈家老 大野九郎兵衛の長い仇討ち〉
犬飼六岐　筋違い半介
犬飼六岐　吉岡清三郎貸腕帳
石川大我　ボクの彼氏はどこにいる？
石松宏章　マジでガチなボランティア
伊東潤　疾《はや》き雲のごとく
伊東潤　戦国鬼譚　惨
伊東潤　虚《うつ》けの舞
伊東潤　叛《はん》鬼《き》
伊東潤　国を蹴った男
伊東潤　峠越え
伊東潤　黎明に起《た》つ
伊東潤　池田屋乱刃
市川拓司　吸涙鬼
石飛幸三　「平穏死」のすすめ〈口から食べられなくなったらどうしますか〉
伊藤理佐　女のはしょり道
伊藤理佐　また！　女のはしょり道
石黒正数　外《げ》天《てん》楼《ろう》
伊与原新　ルカの方《はこ》舟《ぶね》
稲葉圭《よし》昭《あき》　恥さらし〈北海道警 悪徳刑事の告白〉
稲葉博《ひろ》一《いち》　忍者烈伝
稲葉博一　忍者烈伝ノ続
稲葉博一　忍者烈伝ノ乱〈天之巻〉〈地之巻〉
伊岡瞬　桜の花が散る前に
石川智健　エウレカの確率〈経済学捜査員 伏見真守〉
石川智健　エウレカの確率〈よくわかる殺人経済学入門〉
石川智健　エウレカの確率〈経済学捜査と殺人の効用〉
石川智健　60《ロクジュウ》〈誤判対策室〉
石川智健　第三者隠蔽機関
戌井昭人　ぴんぞろ
石田千　きなりの雲
井上真《ま》偽《ぎ》　その可能性はすでに考えた

井上真偽　聖女の毒杯〈その可能性はすでに考えた〉
井上真偽　恋と禁忌の述語論理《プレディケット》
泉　ゆたか　お師匠さま、整いました!
伊兼源太郎　地検のS
内田康夫　シーラカンス殺人事件
内田康夫　パソコン探偵の名推理
内田康夫　「横山大観」殺人事件
内田康夫　江田島殺人事件
内田康夫　琵琶湖周航殺人歌
内田康夫　夏泊殺人岬
内田康夫　「信濃の国」殺人事件
内田康夫　風葬の城
内田康夫　透明な遺書
内田康夫　鞆《とも》の浦《うら》殺人事件
内田康夫　終幕《フィナーレ》のない殺人
内田康夫　御堂筋殺人事件
内田康夫　記憶の中の殺人
内田康夫　北国街道殺人事件
内田康夫　「紅藍《くれない》の女《ひと》」殺人事件
内田康夫　「紫《むらさき》の女《ひと》」殺人事件
内田康夫　藍色回廊殺人事件
内田康夫　明日香の皇子
内田康夫　華の下にて
内田康夫　博多殺人事件
内田康夫　黄金の石橋
内田康夫　金沢殺人事件
内田康夫　朝日殺人事件
内田康夫　湯布院殺人事件
内田康夫　釧路湿原殺人事件
内田康夫　貴賓室の怪人〈「飛鳥」編〉
内田康夫　イタリア幻想曲　貴賓室の怪人2
内田康夫　靖国への帰還
内田康夫　若狭殺人事件
内田康夫　化生の海
内田康夫　不等辺三角形
内田康夫　ぼくが探偵だった夏
内田康夫　怪談の道
内田康夫　逃げろ光彦〈内田康夫と5人の女たち〉
内田康夫　皇女の霊柩
内田康夫　悪魔の種子
内田康夫　戸隠伝説殺人事件
内田康夫　歌わない笛
内田康夫　新装版　死者の木霊
内田康夫　新装版　漂泊の楽人
内田康夫　新装版　平城山《ならやま》を越えた女
内田康夫　秋田殺人事件
内田康夫　孤道
和久井清水　孤道　完結編〈金色の眠り〉
歌野晶午　死体を買う男
歌野晶午　安達ヶ原の鬼密室
歌野晶午　新装版　長い家の殺人
歌野晶午　新装版　白い家の殺人
歌野晶午　新装版　動く家の殺人
歌野晶午　密室殺人ゲーム王手飛車取り
歌野晶午　新装版　ROMMY　越境者の夢
歌野晶午　増補版　放浪探偵と七つの殺人
歌野晶午　新装版　正月十一日、鏡殺し

内田樹・釈徹宗 現代霊性論
上橋菜穂子 獣の奏者〈Ⅰ闘蛇編〉
上橋菜穂子 獣の奏者〈Ⅱ王獣編〉
上橋菜穂子 獣の奏者〈Ⅲ探求編〉
上橋菜穂子 獣の奏者〈Ⅳ完結編〉
上橋菜穂子 獣の奏者〈外伝 刹那〉
上橋菜穂子 物語ること、生きること
上橋菜穂子 明日は、いずこの空の下
上田紀行 ダライ・ラマとの対話
上田紀行 スリランカの悪魔祓い
嬉野君 黒猫邸の晩餐会
植西聰《あきら》 がんばらない生き方
海猫沢めろん 愛についての感じ
海猫沢めろん キッズファイヤー・ドットコム
遠藤周作 ぐうたら人間学
遠藤周作 聖書のなかの女性たち
遠藤周作 さらば、夏の光よ
遠藤周作 最後の殉教者
遠藤周作 反逆(上)(下)

遠藤周作 ひとりを愛し続ける本
遠藤周作 深い河《ディープ・リバー》
遠藤周作 周作塾〈読んでもタメにならないエッセイ〉
遠藤周作 新装版 海と毒薬
遠藤周作 新装版 わたしが・棄てた・女
江波戸哲夫 新装版 銀行支店長
江波戸哲夫 集団左遷
江波戸哲夫 新装版 ジャパン・プライド
江波戸哲夫 起業の星
江波戸哲夫 ビジネスウォーズ〈カリスマと戦犯〉
江上剛 頭取無惨
江上剛 不当買収
江上剛 小説金融庁
江上剛 絆
江上剛 再起
江上剛 企業戦士
江上剛 リベンジ・ホテル
江上剛 起死回生
江上剛 瓦礫の中のレストラン

江上剛 非情銀行
江上剛 東京タワーが見えますか。
江上剛 慟哭の家
江上剛 家電の神様
江上剛 ラストチャンス 再生請負人
江上剛 ラストチャンス 参謀のホテル
江國香織 真昼なのに昏《くら》い部屋
江國香織・文 松尾たいこ・絵 ふりむく
M・モーリス 江國香織訳 宇野亜喜良絵 青い鳥
江國香織他 100万分の1回のねこ
遠藤武文 プリズン・トリック
円城塔 道化師の蝶
江原啓之 スピリチュアルな人生に目覚めるために〈心に「人生の地図」を持つ〉
大江健三郎 新しい人よ眼ざめよ
大江健三郎 取り替え子《チェンジリング》
大江健三郎 憂い顔の童子
大江健三郎 さようなら、私の本よ!
大江健三郎 水死
大江健三郎 晩年様式集《イン・レイト・スタイル》

講談社文庫　目録

小田　実　何でも見てやろう
沖　守弘　マザー・テレサ〈あふれる愛〉
岡嶋二人　そして扉が閉ざされた
岡嶋二人　解決まではあと6人〈5W1H殺人事件〉
岡嶋二人　99％の誘拐
岡嶋二人　クラインの壺
岡嶋二人　ダブル・プロット
岡嶋二人　新装版 焦茶色のパステル
岡嶋二人　チョコレートゲーム 新装版
太田蘭三　殺《さつ》・風《ふう》・景《けい》〈警視庁北多摩署特捜本部〉
大前研一　企業参謀 正・続
大前研一　やりたいことは全部やれ！
大前研一　考える技術
大沢在昌　野獣駆けろ
大沢在昌　相続人TOMOKO
大沢在昌　ウォームハート コールドボディ
大沢在昌　アルバイト探偵《アイ》
大沢在昌　調毒師を捜せ アルバイト探偵《アイ》
大沢在昌　女王陛下のアルバイト探偵《アイ》

大沢在昌　不思議の国のアルバイト探偵《アイ》
大沢在昌　拷問遊園地 アルバイト探偵《アイ》
大沢在昌　帰ってきたアルバイト探偵《アイ》
大沢在昌　雪蛍
大沢在昌　ザ・ジョーカー
大沢在昌　亡命者〈ザ・ジョーカー〉
大沢在昌　夢の島
大沢在昌　新装版 氷の森
大沢在昌　暗黒旅人
大沢在昌　新装版 走らなあかん、夜明けまで
大沢在昌　新装版 涙はふくな、凍るまで
大沢在昌　語りつづけろ、届くまで
大沢在昌　罪深き海辺(上)(下)
大沢在昌　やぶへび
大沢在昌　海と月の迷路(上)(下)
大沢在昌　鏡の顔〈傑作ハードボイルド小説集〉
大沢在昌／藤田宜永／堂場瞬一／井上夢人／今野敏／月村了衛／東山彰良　激動 東京五輪1964
逢坂　剛　十字路に立つ女
逢坂　剛　重《じゅう》蔵《ぞう》始《し》末《まつ》

逢坂　剛　じぶくり伝兵衛〈重蔵始末(二)〉
逢坂　剛　猿曳遁兵衛〈重蔵始末(三)〉
逢坂　剛　嫁盗み〈重蔵始末(四)長崎篇〉
逢坂　剛　陰の声〈重蔵始末(五)長崎篇〉
逢坂　剛　北門の狼〈重蔵始末(六)蝦夷篇〉
逢坂　剛　逆浪《げきろう》果つるところ〈重蔵始末(七)蝦夷篇〉
逢坂　剛　新装版 カディスの赤い星(上)(下)
逢坂　剛　さらばスペインの日日(上)(下)
オノ・ヨーコ　飯村隆彦 編　ただの私《あたし》
オノ・ヨーコ　南風椎 訳　グレープフルーツ・ジュース
折原　一　倒錯のロンド
折原　一　倒錯の死角〈201号室の女〉
折原　一　倒錯の帰結
小川洋子　密やかな結晶
小川洋子　ブラフマンの埋葬
小川洋子　最果てアーケード
小川洋子　琥珀のまたたき
乙川優三郎　霧の橋
乙川優三郎　喜知次

2020年6月15日現在